눈치 보는 학교 문화는 어떻게 만들어지는가?

후기 푸코 통치성 이론을 중심으로

눈치 보는 학교 문화는 어떻게 만들어지는가?
후기 푸코 통치성 이론을 중심으로

지은이 송하영

발 행 2017년 10월 13일
펴낸이 김진우 임종화
펴낸곳 좋은교사운동 출판부
출판등록번호 제2000-34호
주 소 서울특별시 관악구 남부순환로 218길 36, 4층
전 화 02-876-4078
이메일 admin@goodteacher.org

ISBN 978-89-91617-41-4   03370

www.goodteacher.org
ⓒ 송하영 2017

눈치 보는 학교 문화는 어떻게 만들어지는가?

후기 푸코 통치성 이론을 중심으로

좋은교사 연구실천 프로젝트 X

11

송하영

좋은교사

교육 난제는 현장 교사가 풉니다!

임진왜란 때 선조가 이순신에게 총공격을 명령했지만 이순신은 적의 유인 전략이라 판단하여 공격하지 않았던 일이 있습니다. 이로 인해 이순신은 관직을 박탈당했고, 대신 출정한 원균의 군대는 전멸하고 맙니다. 현장의 상황을 모르고 내린 결정이 얼마나 어처구니 없는 것인지를 보여주는 사례입니다.

"초등학교 사회 교과서는 대학생 교재보다 어렵습니다. 왜냐하면 그 많은 내용 요소를 압축적으로 구겨넣어 놓았기 때문이죠. 이런 교과서를 만든 사람이 한번 가르쳐보라고 하고 싶네요."

수업에서 학생들에게 배움의 기쁨을 누리게 하고 싶다는 것은 모든 교사들의 소망이지만 현장의 상황을 모르고 내려오는 교육과정과 각종 사업 등 수많은 장애물들이 우리의 발목을 붙잡고 있습니다.

"현장에 답이 있다"는 말을 많이 합니다만 교육정책을 좌우하는 관료, 교수, 정치인들은 현장 교사들의 목소리를 귀담아 듣지 않습니다. 이렇게 된 데에는 우리가 교육전문가로서의 교사의 역할을 적극적으로 찾지 못한 책임도 없지 않습니다.

 이제 현장의 교육전문가인 우리 교사가 나서야 합니다. 우리 교육에는 수많은 난제가 산처럼 버티고 있습니다. 우공이산(愚公移山)의 결기로 우리 모두가 이와 씨름하는 일이 개미떼처럼 집단적으로 일어나야 합니다. 그러한 노력들이 격려되고, 공유되고, 확산될 때 우리 교육은 아래로부터 변화되어갈 것입니다. 이 과정은 교육전문가로서의 교사 성장에 큰 도전이 될 것입니다. 이를 통해 수동적 전달자가 아닌 능동적 연구실천가로 성장하게 될 것입니다.

 좋은교사운동은 우리 교육의 난제를 현장 교사들의 힘으로 풀어나가는 프로젝트를 시작했습니다. 이름하여 "좋은교사 연구실천 프로젝트 X"입니다. X는 난제를 뜻합니다. 이제 X를 붙들고 고민한 결과가 세상에 모습을 드러냈습니다. 그 동안 바쁜 학교생활 가운데서도 시간을 쪼개어 문제와 씨름하는 노고를 감당하신 선생님과 멘토와 행정적인 모든 수고를 감당해주신 사무실의 간사님들과 연구위원장 조창완 선생님께 존경과 감사의 뜻을 전합니다.

- 2017.2.25. 좋은교사운동 공동대표 김진우

‖ 목 차

I. 서론

1. 연구의 필요성과 목적

1) 연구의 필요성

이 연구를 시작할 때 붙이고 싶었던 제목은 원래 "학교에서 어떻게 이런 식으로 통치당하지 않을 것인가?"였습니다. 현대 철학자 미셸 푸코가 던졌던 질문을 학교 구조와 문화에 적용해보고 싶었습니다. 학교는 교사가 교육 전문가로서 신뢰 받으며 자율적으로 교육권을 행사할 수 있는 곳인지 돌아보면 고통스럽고 답답해지곤 합니다. 교사로서 스스로 이 난제를 풀어보기 위해 지난 몇 년 간 학교 구조와 문화에 대해 공부도 하고 현장에서 들여다보기도 하면서 문제 원인을 분석하고 대안을 찾아보았습니다.

엄기호, "교사도 학교가 두렵다"를 참고하여 외부인 시각이 아니라 교사가 겪고 있는 교육 고통에 대해 스스로 목소리를 내고 싶어

공부하는 동안 김현희, "왜 학교에는 이상한 선생이 많은가?", 정은 균, "학교 민주주의의 불한당들"처럼 현직 교사가 쓴 좋은 책들이 출간했습니다. 이러한 문제의식을 저 혼자만 가지고 있지 않았다는 생각에 연대감을 느끼는 한편, 이 연구는 그 책들에 비해 어떤 차별성과 강점을 가질 수 있을지 돌아봅니다.

연구자들이 그렇듯 저 역시 연구 초반에는 이론적 배경이 탄탄한 학술 논문 형태 보고서를 작성하려고 힘을 주었습니다. 그러나 비교적 자유로운 연구 형태인 '연구실천프로젝트X'라는 강점을 살려 문체에서 다소 힘을 빼고 실제로 선생님들이 공감하며 편안하게 읽을 수 있는 서술 방식을 구사하고 싶어졌습니다. 특히 실제로 존재하는 특정인이 가진 성향이나 특정 단위학교가 가진 구조와 문화를 짚어서 비난하는 형태가 아니라 교육 주체 스스로 남용하고 있을 가능성이 높은 통치 기술에 대해 우리 모두가 성찰하는 계기로 만들기 위해 현실에 있음직한 사례를 보편적으로 제시하려고 노력했습니다.

학교 혁신을 위해서는 민주적 학교운영 체제를 먼저 갖추어야 다른 중요한 과업들인 윤리적 생활공동체, 전문적 학습공동체 형성을 바탕으로 창의적 교육과정을 운영할 수 있다고 생각합니다. 12년째 경기도 소속 교사로 근무했기에 경기도를 두고 이야기하자면, 혁신교육 운동 이후 예전과 같은 강압적인 권위주의 구조와 문화는 비교적 완화되었다고 생각합니다. 그러나 눈에 보이지 않는 치밀한 통치술이 만들어낸 눈치 보는 학교 문화를 교육 주체 스스로 내면화하면서 이전과는 다른 새로운 고통이 나타나고 있습니다. 대부분 모범생으로 성실하게 살았을 개별 교사들은 자발적 순종을 보이며, 문제 해결을 위해 모이거나 고통을 드러내어 공론화하기 꺼리는 문화가 만들어지고 있습니다. 도교육청 차원에서 학교 민주주의를 운영할 여건을 갖추려고 노력하고 있다고 하지만, 실제로 단위학교에서 교육 주체 스스로 고통을 편안하게 말할 수 있는 공간을 만들거나 교육활동을 모두가 함께 만들고 운영하는 문화를 조성하고 있는지 여부는 학교 구성원 성향에 따라 천차만별이어서 학교급, 지역별, 단위학교별 편차가 크다고 봅니다. 이 편차를 줄이기 위해서 실제로 학교 민주주의를 운영할 교육 주체들은 어떤 마음을 가지고 어떤 실천을 해야 할지 질문을 던지고 싶었습니다.

2) 연구의 목적

교육 고통에 대해 고민하면서 저는 특별히 단위학교 안과 밖에서 이루어지고 있는 치밀한 계획과 평가 위주 학교 시스템이 어떤 강점과 약점을 가지고 있는지에 초점을 맞추어 공부했습니다. 이러한 시스템은 교육 전반을 운영하는데 합리성과 효율성을 확보할 수 있다는 강점이 있습니다. 그러나 학교에 소속한 교육 주체 모두가 교육 활동 결과를 눈에 보이는 수치로 드러내야한다는 압박감과 무한 경쟁 체제에 휩쓸리면서 서로 눈치 보는 학교 문화를 형성한다는 약점이 있기도 합니다. 그러므로 현재 우리 학교들을 움직이고 있는 학교 구조와 그에 따른 문화는, 교육이 가지고 있는 특성인 효과가 금방 눈에 보이게 드러나지 않는다는 점에 걸맞지 않아 다양한 문제와 교육 고통을 만들어냅니다. 권력 자체가 폭력, 압력 같은 나쁜 요소만을 포함하고 있지는 않습니다. 일정 규모를 가진 공동체를 효율적이면서도 건강하게 운영하려면 권력이 필요한 부분은 선하게 작동하게 하되, 무신경한 권력 남용 때문에 약자가 폭력을 당하거나 고통 받지 않도록 함께 성찰하는 문화를 만들어야 합니다. 교육 주체 서로가 습관적, 관행적으로 행사하는 권력 남용에 대해 스스로를 돌아볼 수 있도록 돕는 보편적인 틀이 필요합니다.

그러므로 이 연구는 후기 푸코의 통치성 이론을 바탕으로 단위학교에서 일상적, 관행적으로 이루어지는 치밀한 통치술의 원인, 구체적인 기법, 이러한 계획과 평가 위주 학교 시스템이 학교 문화와 교육 주체에게 미치는 영향을 교사 대상 설문조사 결과를 분석하면서 드러내려고 합니다. 이렇게 만들어진 눈치 보는 학교 문화가 교육 주체를 고통스럽게 만들고 교육 혁신 시도를 막으며 궁극적으로 학교 민주주의를 파괴하는 문제에 대한 원인과 과정을 정리한 후 대안을 마련해보려고 합니다.

2. 연구의 내용과 방법

1) 연구 내용

　역사에서 시대마다 가졌던 고유한 인식 체계(에피스테메1))를 계보학적으로 통찰력 있고 명쾌하게 밝혀낸 철학자 미셸 푸코의 후기 사상을 공부하다보니 현대 학교가 어떤 체계를 바탕으로 움직이고 있는지가 엿보여 흥미로웠습니다. 그래서 저는 이 연구에서 미셸 푸코의 후기 통치성 이론을 학교에 적용해보려고 시도했습니다. 그는 마그리트가 그린 그림 '이것은 파이프가 아니다'를 미학적으로 분석하면서 시대별 인식 체계를 드러내거나, 근대 권력이 행사했던 "감시와 처벌"하는 훈육 형태를 밝힌 철학자로 우리에게 익숙합니다. 그러나 그가 말년에 시도한 통치성 기술을 드러내는 작업과, 통

---

1) [네이버 지식백과] 에피스테메 [Episteme] (문학비평용어사전, 2006. 1. 30., 국학자료원)
"푸코는 특정한 시대를 지배하는 인식의 무의식적 체계, 혹은 특정한 방식으로 사물들에 질서를 부여하는 무의식적인 기초를 에피스테메라 칭했다. 철학용어로서 에피스테메는 실천적 지식과 상대적 의미에서의 이론적 지식, 또는 감성에 바탕을 둔 억견(臆見: doxa)과 상대되는 '참의 지식'을 말한다. (중략) 고대 철학자들의 에피스테메의 개념은 푸코에 와서 권력-지식이 작동하는 특정 시기의 저류를 형성하는 담론 체계를 의미하게 되었다. 에피스테메의 개념은 그의 초기 저작에서 도드라지게 부각되는데, 『지식의 고고학』에서 내리고 있는 에피스테메란 우선 한 주어진 시대에 있어 인식론적 구조물들, 과학들, 그리고 경우에 따라서는 공식화된 체계들을 발생시키는 담론적 실천을 묶어줄 수 있는 관계들의 집합을 의미한다. 이는 또한 그 담론 형성들의 각자에 있어 인식론화, 과학화, 그리고 공식화로의 이행들이 자리 잡고 작동하는 방식을 의미한다. 또한 상호 일치할 수 있고, 종속될 수 있는, 혹은 시간 속에서 어긋날 수 있는 이 문턱들의 분배를 뜻하며 인식론적 구조물들 사이나 과학들 사이에, 그것들이 서로 이웃하기는 하지만 상호 구분되는 담론적 실천으로 부각되는 한에 있어서 존재할 수 있는 측면적인 관계들을 뜻한다.
따라서 에피스테메란 결국 일정하게 규정된 시대의 과학들 사이에서 그들을 담론적 형성의 수준에서 분석할 때 발견할 수 있는 관계들의 집합인 것이다."

치성에 따라 나타나는 문제에 윤리적인 실천으로 대처하기 위해 마련했던 대안에 대해서는 비교적 덜 알려져 있습니다. 연구자는 그가 주장했던 '위험을 감수하고 진리를 말하는 용기(파레시아스테스)'를 학교 현장에 적용해보기로 했습니다. 공부와 삶은 연결되어야만 하기 때문에 실제로 푸코 이론에서 배운 대로 학교 현장에서 살려고 노력하는 저를 발견했습니다. 어떤 면에서는 위험을 감수하느라 두렵고 피로했지만, 시간이 지나면서 실천에 전혀 의미가 없지는 않았다는 희망을 발견하기도 했습니다. 이는 앞으로 설문조사 서술형 답변, 대안을 다루는 부분에서 제시해보려고 합니다.

푸코는 후기 연구에서 시대별로 권력이 어떤 통치 기술을 사용했는지에 대한 계보학을 밝혔습니다. 권력자가 자신의 힘을 과시하는 방식은 '주권-규율-안전' 형태로 시대에 따라 달라졌습니다. 물론 규율이나 안전 형태가 생겼다고 해서 주권 형태가 완전히 사라지지는 않으며, 시대에 맞게 변형, 혼합된 형태로 나타난다고 보았습니다. 이와 관련하여 교사를 대상으로 시행한 설문조사 서술형 답변에서 드러난 학교에서 흔히 일어남직한 구체적인 사례를 보편적인 형식으로 재구성하여 거기 들어 있는 통치 기술을 특정 단계에 위치지어 봄으로써, 교육 주체로서 우리가 어떤 힘을 행사 혹은 남용하고 있는지를 성찰해보려고 합니다.

2) 연구 방법

푸코가 그의 후기 사상에서 드러낸 '국가이성(행정부)'이 구사하는 세련된 통치술을 다룬 저작과 논문은 다수 나오고 있습니다. 그러나 학교 현장에 적용해 연구한 사례는 보이지 않기 때문에 이 연구가 의미 있으리라고 생각합니다. 후기 푸코 저작을 문헌 연구 방법으로 공부하여 분석 틀을 마련하려고 합니다. 단위학교에서 일상적, 관행적으로 작동하고 있는 계획과 평가 위주 통치술을 드러내면서 학교 문화를 좀 더 민주적인 방향으로 변화시킬 대안을 찾아보려고 합니다.

특히 2017년 1월에 좋은교사운동 회원 선생님들을 대상으로 실시한 설문조사 결과에서 의미 있는 지점들을 비교, 분석하여 학교급, 성별, 지역별 차이를 드러내겠습니다. 연구자는 본인의 문제의식을 바탕으로 선택형 17문항, 서술형 1문항을 제작하여 설문조사를 실시했습니다. 독자는 이 결과 분석을 읽으면서 지금 생활하고 있는 학교 구조와 문화 형태가 움직일 수 없는 진리가 아니며, 교육 주체 고통을 없애면서 더 좋은 방향으로 변화시킬 여지가 있음을 알아채고 각자 있는 자리에서 할 수 있는 일을 실천하실 수 있으면 좋겠습니다.

설문조사 분석과 함께 서술형 답변에서 나타난 사례를 보편적인 용어로 제시하려고 합니다. '보편적 형식'을 강조하는 이유는 이 작

업이 특정 학교나 리더를 비판하기 위한 작업이 아니라는 사실을
말씀드리기 위해서입니다. 독자는 해당 부분을 읽으면서 각자 속한
학교에서 일어났던 구체적인 사례를 떠올리고 적용해볼 수 있으리
라 기대합니다.

II. 후기 푸코 통치성 이론과 학교 구조

1. 권력의 계보학과 통치성

1) 권력의 계보학

① 지식의 고고학

그러면 이번 장에서는 본격적으로 후기 푸코가 제시한 이론 중 현대 학교 구조와 문화를 분석하기에 의미 있는 내용을 제가 이해한 대로 정리해보려고 합니다. 푸코는 시대마다 고유한 '에피스테메(인식 틀)'가 있어왔다는 주장을 지식의 고고학과 권력의 계보학이라는 방법을 이용해서 밝힙니다. 계보학적인 작업을 하다 보니 시대마다 권력이 그 힘을 어떤 방식으로 행사했는지 특징을 찾을 수 있었습니다. 특히 그가 살던 시대보다 바로 앞 시대라고 할 수 있는 근대 권력 작동 방식이 가진 특징을 드러내는 작업이 의미 있었습니다.

사실 우리나라에서도 푸코 이론과 학교 제도를 연관 지어 설명하려는 연구물들은 나와 있습니다. 왜냐하면 아직도 우리 공교육 기관은 근대에 만들어진 모습을 유지하고 있기 때문입니다. 잘 알려진 바처럼 푸코는 근대에 '정상성/비정상성'을 특정한 기준을 가지고 가르는 세태를 분석했습니다. 그에 따라 '비정상인들'을 개인적으로 파편화 시켜서 감시, 처벌, 훈육하는 기관들인 '병원, 감옥, 군대, 학교, 공장 등'이 가진 공통적인 특징을 뽑아내었지요. 푸코는 공리주의자 벤담이 고안한 그 유명한 '판옵티콘' 구조가 이 기관들에 침투했다고 설명합니다. 감시당하는 자가 수시로 감시당하고 있을 수 있음을 스스로 내면화할 수 있게 만들었기 때문에 일제식으로 감시하기 편리한 시공간적 구조이지요. 근대식 학교에 다녀본 사람이라면 누구나 학교 제도와 일상생활이 그러한 특징을 가지고 있음을 공감할 수 있습니다.

　　푸코는 특정한 시대나 사회가 '광인'을 대하는 방식을 경험적으로 분석해보면 광인은 사실 구성되는 개념임을 알 수 있다고 주장합니다. 르네상스 시대에 광인은 사회 안에서 공공연하게 돌아다니며 현실과 다른 세계 사이에 위치한 사람 취급을 받았습니다. 다시 말해 세속과 신성의 경계에 속하면서 상상력을 보여주는 범상치 않은 인물로 여겨지기도 했습니다. 그러므로 일방적인 처벌이나 감금, 배제 대상까지는 아닌 채로 공존했습니다.

　　그런데 고전주의 이후에는 이성적 주체 개념이 생겨났습니다. 이

맥락에서 광인은 비이성적이라는 이유로 '나쁜' 존재 취급을 받습니다. 사회에 악영향을 끼치지 않도록 겉으로 드러나 보이지 않는 특정한 공간에 분리, 격리, 배제, 감금시키기 시작했습니다. '광인'의 범위는 예전보다 넓어져 정치적 의미에서 소란을 일으킬 만한 사람이나 경제적 의미에서 게으른 사람까지 포함시켜 '구빈원2)'과 같은 곳에 모아두게 되었습니다.

근대에는 인간학이 발달하면서 광인에 대해 과학적, 심리학적, 실증주의적으로 접근합니다. 겉으로 보기에는 이 시대에 광인을 대하는 방식이 고전주의 시대에 비해 훨씬 합리적이거나 인간적이고, 근본적인 치료에 가까워 보일 수 있습니다. 광기의 원인을 이성적으로 객관화할 수 있기 때문에 광인은 두려워해야할 대상이 아니라 이해하고 원인을 파악해서 의학적 치료라는 도움을 주어야 할 대상으로 바뀝니다. 그야말로 광기는 질병 취급을 받습니다.

푸코를 베스트셀러 저자로 만들어주었지만 사실 읽고 이해하기 쉽지 않은 책이라고 평가하는 "말과 사물: 인문과학의 한 고고학"이 있습니다. 우리가 푸코 이름을 들어보았다면 그가 책에서 제시한 그림들, 즉 벨라스케스의 '시녀들'이나 후속 작업으로 그가 쓴 책 "이것은 파이프가 아니다"에서 중점적으로 다룬 마그리트 그림 '이것은 파이프가 아니다' 때문일 수도 있습니다. 그는 위와 같은 책에

---

2) [네이버 지식백과] 구빈원 [poorhouse] (이철수, 사회복지학사전, 2009. 8. 15.)
"20세기 이전에 널리 유행한 원내구호 형태의 빈민을 위한 시설이다. 박애주의자들이 기금을 모아 설립한 이 보호소는 빈곤 가족이나 개인에게 피난처를 제공하였다."

서 예술 작품들을 사례로 들어 지금껏 당연하게 생각했던 인식 틀을 돌아보게 만들었습니다. 특유한 용어인 '에피스테메'가 바로 시대마다 공유하는 인식 틀을 가리킵니다. 인식 틀이라는 말도 어렵다면 '몰랐던 무엇인가를 알기 위한 방법'이 시대마다 달랐다고 보면 비슷하겠습니다.

위에 제시한 광인에 대한 에피스테메를 특정 시대가 공유하는 보편적 인식 틀 특징으로 다시 설명하면 다음과 같습니다. 푸코는 문헌학, 고고학, 계보학적 접근을 하는데 역사적 시대를 르네상스, 고전주의, 근대로 나누어 설명을 시도합니다. 르네상스 시대에는 '유사성'을 가지고 설명하기를 좋아했습니다. 다시 말해 이해하기 어려운 개념이나 사물을 만났을 때 자신이 이미 알고 있는 개념이나 사물에서 비슷한 점을 찾아내어 대입해보기를 즐겼습니다. 이 시대에는 아직 신을 중시했고 신학이 힘을 가지고 있었지요. 이렇게 유사성을 인정하는 시대였기 때문에 때로 상상과 현실은 철저히 구분되지 않고 중첩, 공존할 수 있었을 터입니다.

고전주의 시대에는 이성이 힘을 얻으면서 같은 특성을 가졌다고 판단한 대상들을 범주로 묶어 대표적인 '표상'으로 대변하는 방식을 즐겨 사용했습니다. 사물들을 특별한 기준을 가지고 계열화, 구분하려고 시도합니다. 구분하는 과정에서 개념이나 사물들 간에 동일성과 차이가 발생합니다. 세계는 전보다 질서가 생긴 듯해 보이고, 혼란이 줄어들어 이해하기 쉬워진 듯이 느껴졌을지도 모릅니다. 다시 말해 세계를 일목요연한 도표로 그려내는 시대였지요.

근대에는 개인 주체 개념이 생겨나면서 독립적 '실체'를 규정하는 에피스테메에 따라 인간학이 발달합니다. 개인에 대한 철학과 함께 역사학이라는 틀을 가지고 과거-현재-미래라는 통시성 안에서 각 시대 특징과 차이점을 비교, 분석하기 시작했습니다. 푸코가 구조주의자로 분류되거나, 스스로 '고고학'이나 '계보학' 같은 용어를 즐겨 사용했던 이유도 그 스스로 근대 에피스테메 안에 있는 사람이었기 때문일 터입니다. 전기에는 고고학적 방법을 사용해 지식에 대한 문제에 집중했고 중기 이후에는 계보학적 방법을 사용해 권력에 대한 문제에 집중했지요. 특히 그는 도서관을 매우 좋아했고 자신을 문헌학자로 여겼을 정도로 책 속에서 각 시대 특징을 찾아내어 분석하는 작업을 하곤 했습니다. 아무튼 근대에는 과학기술 발전과 함께 생물학, 경제학, 인간학 같은 새로운 학문이 발달합니다. 푸코 스스로 했던 인간적인 경험을 바탕으로 문제를 찾아내거나 저작, 강의 활동을 했습니다. 광인에 대한 반응으로 치면 이 시대는 '임상 의학'의 시대인 셈입니다.

비정상인, 타자에 대해 이렇게 장황하게 설명하는 이유는 학교, 학생을 근현대 사회가 어떻게 보고 있는지 이야기하고 싶어서입니다. 우리가 이해하기 쉽게 중학생에게 대입해보면 요즘 쉽게 사용하고 있는 '중2병'이라는 단어가 다르게 다가오리라 생각합니다. 국가가 국민을 잠재적 병자로 보듯, 성인은 청소년을 질병을 가진 미성숙한 존재로 보고 있습니다. 타자를 특정한 기준에 따라 비정상인으로 취급해 배제하거나, 위험한 존재로 여겨 언행을 통제하는 맥락을 생각해보세요. 위에서 제시한 '병원, 감옥, 군대, 학교, 공장 등'에서는 합리적 이유 없는 규율을 세밀하게 만들어 거기 속한 다수가 효율적으로 질서 잡힌 행동을 스스로 내면화하고 '올바른 품행'이 습관적으로 튀어나오게 만들려고 노력합니다.

② 권력의 계보학: 주권, 규율, 안전

근대 학교 제도와 구조가 가진 특징을 푸코 이론과 연관 시킬 때 위와 같은 설명은 이제 '식상하다'는 평가를 들을 정도로 유명합니다. 그런데 푸코 이론을 공부하다보니 그가 후기에 주장한 권력 이론 역시 지금 학교 모습을 설명하기에 유용하다는 생각이 들었습니다. 그는 말년에 대학교에서 강의를 하면서, 신자유주의가 생겨나기 시작하던 당대 권력이 구사하는 통치 기술에 대해 논의하겠다고 약속합니다. 이를 위해 그는 먼저 시대마다 권력이 어떻게 힘을 과시했는지를 계보학적으로 보여줍니다.

푸코가 후기에 했던 강의록을 묶은 책 "안전, 영토, 인구" 등에 따르면, 권력은 '주권-〉규율-〉안전' 순서로 생겨났습니다. 미리 말씀드리지만 다음 권력 기술이 생겨났다고 해서 앞 권력 기술이 완전히 사라지지는 않습니다. 중첩, 변형되어 다음 권력 기술과 섞이기도 합니다. 요약하자면 권력 기술이 강압적, 폭력적이고 과시적이었다가 현대로 올수록 이성적인 척하며 세밀, 교묘해졌다고 할 수 있습니다.

자세히 들여다보자면 첫째, 주권 단계에서는 전제 군주가 눈에 보이는 강력한 권력을 행사했습니다. 중세 시대에 이단자나 마녀로 지목당한 사람을 많은 사람이 보는 광장에서 꽤나 잔인한 방식으로 처형함으로써 공포심을 유발하고 권력을 강화했던 방식을 예로 들 수 있습니다.

둘째, 규율 단계에서는 눈에 보이는 방식으로 개개인의 몸과 행동을 감시하고 통제했습니다. 위에서 잠시 소개했듯이 그가 책 "감시와 처벌"에서 제시했던 시공간 쪼개기, 행동을 세분화시키기, 복장까지 통제하기와 같은 방식으로 몸이 거의 자동적으로 규율에 맞게 움직이도록 훈육했습니다.

셋째, 안전 단계에서는 인간을 균일한 속성을 가진 몰 개성한 '인구'로 보고 위험 예방을 위해 치밀한 계획을 세워 관리, 통치하고 있습니다. 특히 이때 '국가이성'이 즐겨 사용하는 기술은 주로 법과 행정에서 나옵니다.

즉 권력을 행사하거나 통치 기술을 구사할 때 주권 단계에서는 '금지'를, 규율 단계에서는 '감시, 통제'를, 안전 단계에서는 '통계학적 예측, 비용 계산'을 주로 사용합니다. 다시 말하지만 지금 시대가 안전 단계라고 해서 앞 두 단계에서 구사했던 통치 기술이 완전히 사라지지는 않고 지금도 남아 있을 수 있습니다. 그 정도나 강압에 의한 폭력성이 줄어들 수는 있었겠지만요.

2) 통치성

① 국가이성과 통치성

국민 국가가 생겨난 이후 행정부는 합리적 이성으로 통치하고자 하는, 푸코식 表現으로 '국가이성' 행세를 합니다. 국민은 인격을 가진 개인을 넘어서서 이제 숫자로 대변할 수 있는 '인구' 취급을 받습니다. 다시 말해 국가는 자국 국민에 대한 생명관리정치를 시작합니다. '안전'은 국가가 매우 중요하게 여기는 화두로 등극합니다. 인간사에서 일어날 수도 있는 모든 위험을 미리 추측하여 최대한 예방하려고 합니다. 이 과정에서 통계학이 발달합니다. 위험을 수치화해서 보여줄 수 있게 되다 보니 금융, 보험 산업이 발전하기도 하지요. 국가가 국민에게 아직 일어나지 않은 위험을 가지고 조심하라고 경고하거나 과도하게 개인에 대해 조사, 관리 및 통제할 수 있는 길이 열렸습니다.

근현대는 행정부가 국민을 통치하는 시대입니다. 통치는 '내치'화 되었다가 '(신)자유주의'적으로 변해갔습니다. 특히 국민에게 강력한 권력을 행사하고자 하는 정권은 교육을 만집니다. 이미 17세기 초

프랑스에서 내치를 구상할 때 내치사무국이 '아동과 청소년의 교육' 을 담당하도록 배치했다고 합니다. 인간이 신분적 존재로서 '무엇 임'이라는 의미가 사라지고 '무엇을 할 줄 아는' 인간인지가 중요해 졌습니다. 어렸을 때부터 국가가 인간의 능력을 관리하기 시작합니 다.3)

흥미롭게도 현대적 의미의 통치성이 생겨나는 과정에서 경제학이 득세합니다. 안전 단계가 추구하는 통치성과 이제는 우리에게도 익 숙해진 신자유주의를 어떻게 연관 지을 수 있는지 함께 읽어보시면 좋겠습니다. 푸코가 프랑스에서 통치성을 만들어낸 역사를 살펴보니 17세기에는 중상주의자들이 정치학을 가지고 내치국가를 구상했습 니다. 그런데 18세기 이후에는 중농주의자들이 경제학을 가져와 현 대와 같은 통치성을 만들어내면서4) 헤게모니 싸움에서 중상주의자 들을 이깁니다. 자세히 설명하기는 어렵지만 요약하자면 여러 원인 으로 식량이 부족해지는 상황이 왔을 때 중상주의자들은 시장에 개 입해서 '해결'하려고 노력했는데 중농주의자들은 시장에 '자유'롭게 맡기자고 주장했다고 합니다. 이 과정에서 자유주의 혹은 신자유주 의 특징을 갖는 경제학이 힘을 얻습니다. 다시 말해 사회 현상을 숫자와 데이터로 푸는 경제학적 습관5)이 생겨납니다. 그리고 가만

---

3) 강미라, "미셸 푸코의 『안전, 영토, 인구』 읽기", 세창미디어, 2013, 142-143쪽.
4) 강미라, 154쪽.
5) 강미라, 126-127쪽.
"통계학statistics은 어원학적으로 국가state에 대한 학문science이다. 푸코는 통치자가 국가를 현실적으로 파악하기 위한 방법으로서 통계학이 통치의 시대에 등장했다는 점에 주목한다."

히 놔두어 경쟁시키는 세태가 덧붙여집니다.

② 호모 에코노미쿠스와 자기 계발

경제학이 사회를 움직이는 메커니즘 역할을 합니다. 이 시대에는 경제적 이익이 신적인 존재가 되고, 최대한 경쟁을 부추겨 최대 이익을 끌어내는 방식이 '합리적'이라고 봅니다. 자유롭게 놔둘수록 물자는 '자연'스럽게 순환해서 최대한의 이익이 생겨난다고 보았습니다. 중농주의자들에 의해 자연성에 새로운 특성이 덧붙여졌습니다. 이러한 경쟁 시장에서 살아남기 위해 주체는 '기업가적 주체', 끊임없이 자기 계발하는 주체로 살아야만 합니다. 노동에 들인 시간 자체가 가치와 자본을 창출하던 시대를 넘어서서, 개인 능력 향상을 위해 노력을 쏟는 양 자체가 일종의 '투자'가 됩니다. 미국식 신자유주의 맥락 속에서 '인간=자본'이라는 틀이 잡히고, 개인은 스스로 능력을 최대한 키워야 성공할 수 있다는 믿음이 생겼습니다. 한병철, "피로사회" 같은 책이 주목 받는 배경은 현대인들이 새로운 '자유'가 불러온 문제에 공감하고 있기 때문이겠지요. 신자유주의에서 말하는 자유가 진정한 자유인지 오히려 자유를 빼앗고 있는지 생각해보아야 합니다. 푸코는 이러한 사회가 만들어내는 인간에게 호모 에코노미쿠스라는 이름을 붙입니다.

이 글을 읽는 독자들이야말로 지금 한국에서 일어나고 있는 교육 경쟁 폐해를 누구보다 뼈저리게 느끼며 문제에 대해 고민하고 계시리라 생각합니다. 연구자가 한국 학교 구조와 문화에서 찾아낸 문제의식도 그러한 맥락 안에 있습니다. 자유, 경쟁을 위해 수치화, 서열화하는 기술은 학교에 계속 투입되는데 정작 안에 있는 교육 주체들은 문제라는 성찰조차 하지 못하고 남용하고 있어서 배움이 왜곡되고 있지는 않은지 질문을 던지고 싶었습니다. 치밀한 통치술로 인해 교육 혁신 시도가 무산되는 상황에 불편함과 답답함을 느끼면서 만든 설문조사 문항에 대한 교사들의 답변을 분석하면서 교사들이 큰 구조에서는 불편함이나 문제의식을 가지고 있지만, 예전에 비해 요즘 학교 구조와 문화에 새롭게 생겨난 문제 원인에 대해 구체적인 이유를 생각할 여력은 부족하지 않느냐는 생각이 들었습니다. 그러므로 세부 현상에 따른 원인 분석은 이 장 안에서 앞으로 다루어보려고 합니다.

2. 세밀한 통치 기술: 안전, 영토, 인구

1) 현대 통치 기술의 세밀함

① 신자유주의 특징

푸코는 신자유주의 이론이 이제 막 등장하여 움직이기 시작할 때 말년을 보냈습니다. 그가 보기에 이 새로운 이론은 매력도 있지만 위험한 면도 있었던 듯합니다. 한때 공산당에서 활동했지만 맑시즘의 교조주의적인 면이 맞지 않아 선을 긋기도 했던 그는, 신자유주의가 민주주의가 추구해야할 공공성을 왜곡시키는 상황을 드러냈습니다. 결론부터 말하면 경제가 정치를 비롯한 모든 영역을 잠식하기 때문입니다. 실제로 신자유주의가 진화하여 자리 잡은 지금 여기 우리 삶을 떠올려보면 통찰력 있는 그의 예측이 맞아 떨어진 부분이 많습니다.

신자유주의 체제에서는 국가도 개인도 '기업'화 됩니다. 앞으로 살펴볼 '호모 에코노미쿠스'가 24시간 내내 스펙을 관리하며 자기계발하는 인간상으로 자리 잡은 면만 보아도 알 수 있습니다. 근대에는 '노동'이나 '상품' 자체가 가치 있었지만, 이제 개인은 자기 자신을 좋은 인적 자본이자 상품으로 만들어 가성비 좋은 투자를 불러 일으켜야 한다는 압박감을 느낍니다. 모든 분야를 잘할 수 있는 능력을 갖추어서 필요한 곳에 언제든 나사처럼 투입될 수 있도록 자신을 준비시켜야 합니다. 그리고 그러한 능력을 수치나 결과물로 증명시켜야 합니다. 기업가 정신을 장착한 모든 개인이 능력지상주의에 따라 끝없는 경쟁 체제에 던져지게 됩니다.

좀 더 자세히 학교에 적용해보겠습니다. 첫째, 교원을 자율성 있는 교육 전문가가 아니라 언제든 대체 가능하고 버려질 가능성이 있는 표준화, 규격화된 '나사' 취급을 합니다. 저출산 현실에서 교사를 많이 뽑으면 나중에 큰 어려움이 생길 수 있다는 이유로 학교에는 기간제 교사, 시간 강사가 많습니다. 학년 말마다 비정규직 교사들은 다음 학년도에는 자리를 찾을 수 있을지에 대해 심리적 불안감을 겪습니다. 실제로 일부 비정규직 교사들은 재임용이나 처우에 관해 '갑질'을 당하면서도 의견을 제시할 수 없으며, 동료 교사역시 안타깝지만 그들을 옆에서 돕기도 어려운 구조를 맞이할 때가있습니다.

둘째, 불평등합니다. 푸코는 신자유주의는 불평등을 불러올 수밖에 없는 구조라고 말합니다. 개개인은 매사에 자신의 능력을 증명하며 무한 경쟁해야할 기업이기 때문입니다. 학교는 종종 관리자-부장교사- 평교사- (저경력 혹은 신규교사)- 기간제 교사(- 시간강사) 라는 위계질서가 있는 양 돌아갑니다. 서로 하는 일이 크게 다르지 않아 보이는데도 불구하고 여러 면에서 불합리한 차별을 둡니다. 경력이나 나이에 관해 취하도록 요구 받는 특별한 '언행'도 존재합니다. 각종 평가로 능력을 수치로 드러내어 교사의 교육 활동을 등급화합니다. 금전적 보상에서부터 사소하고 눈에 잘 보이지않게 주어지는 혜택이나 처벌까지 그 결과는 교사를 치졸하고 교묘하다 싶을 정도로 조종하는 기술 중 하나입니다.

셋째, 연대가 사라집니다. 학교 외적으로는 경제가 다른 분야를잠식하면서 경쟁이 심해집니다. 공공부문도 민영화 압박을 받습니다. 공공성을 추구해야할 교육 분야도 경쟁시키지 않으면 사회적으로 공격과 비난을 받습니다. 학교 안에 경쟁 시스템을 도입하면서 교사는 피해보고 싶지 않은 개인으로 변합니다. 사석에서는 정보를 탐색하지만 공적으로는 발언하기 꺼립니다. 노동조합은 교사 처우에 대해 직접적으로 투쟁하는 일만으로도 바쁘거나 단위학교 내 조합이 명목상으로만 유지되기도 합니다. 그리고 일부 진보 진영에서조차 교육 활동을 '경제적 효과'를 다룬 데이터를 근거로 설득하려는 흐름이 있습니다.

넷째, 시민권 개념을 잃습니다. 공공성이 사라지면서 인간 존엄마저도 위협을 받습니다. 개인이 각자의 생존을 책임져야 합니다. 인간으로서 가져야할 권리를 요구하면 낡은 행동이라는 비웃음을 삽니다. 고통에 대해 말할 수 있는 조건이나 수단 자체를 확보하기 어렵습니다. 다시 말해 학교 안에서 문제가 생겼을 때 공동체가 그 문제를 무시하면 관련자는 혼자 참거나 학교를 옮기는 경우가 늘어납니다.

다섯째, 민주주의가 파괴됩니다. 각자도생 시대인데다가 공적인 연대도 불가능한 상황에서 발언 및 실천했을 때 당할 보복이나 위험을 추측할 줄 아는 사람이라면 자기와 타인의 고통에 대해 쉽사리 나서지 않기 마련입니다. 그러나 타인의 고통에 눈 감고 침묵하며 방치해서 망가진 구조로 인해 비슷한 상황이 자신에게 왔을 때 역시 자신을 돕는 타인을 찾기 어려울 수 있습니다. 행정 본위 국가이성 시대에는 사회가 합리적인 법과 규칙, 매뉴얼로 돌아가는 척하지만 그것들은 때로 약자를 보호하고 돌보기보다는 고통을 주

는 근거와 변명이 되기도 합니다.[6]

연구자는 학교와 교육이 좋아지는 듯하면서도, 처음 발령 났던 신규 교사 때에 비해 왜 해가 갈수록 새로운 어려움이 생기는지 내내 궁금했습니다. 여러 요인이 있겠지만 이 연구를 수행하면서 든 생각은 공공성을 지켜야 할 교육을 다루는 공립학교에서조차 경제가 잠식해 들어와 공공성이나 민주주의를 확보하기 어려운 위와 같은 상황이 불편하기 때문이라는 생각이었습니다. 도덕 교사인 저는 다음 세대를 건강한 민주 시민으로 기르기 위해 학교에서 만이라도 학생들이 호모 에코노미쿠스가 아니라 일상생활에서 호모 폴리티쿠스(정치하는 인간)로 자라도록 도와야 하지 않느냐는 책임감을 되새깁니다.[7] 교사가 먼저 그런 인간이 되어야 한다는 생각을 합니다.

② 세밀한 통치 기술

앞으로 푸코가 제시한 권력의 계보학을 바탕으로 학교와 교사가 구사하는 통치 기술을 적용해본 표에서 다시 보겠지만, 단위학교 구조 및 문화에서 세밀한 통치 기술과 같은 미시권력은 민주주의를 왜곡하곤 합니다. 구체적인 원인 및 현상들을 나열하면 다음과 같습니다.

---

6) 웬디 브라운, "민주주의 살해하기: 보수주의자의 은밀한 공격", 내인생의책, 2017.
7) 마이클 센델, "돈으로 살 수 없는 것들: 무엇이 가치를 결정하는가", 와이즈베리, 2012.
마사 누스바움, "학교는 시장이 아니다: 공부를 넘어 교육으로, 누스바움 교수가 전하는 교육의 미래", 궁리출판, 2016.

학교장재량을 남용하거나 단위학교를 효율적으로 '관리'하기 위해 권한위임이나 교육 주체와의 소통을 회피합니다. 관리를 하는 과정에서 교육 활동에 대한 꼼꼼하고 치밀한 간섭이 이루어지기도 합니다.

학교 민주주의에 대한 요청이 위, 아래로 거세지면서 표면적이고 형식적인 민주주의 절차를 갖추기 위해 노력합니다. 문서로 남기고 협의록을 작성해두기 위한 각종 소위원회가 늘어났지만 위원회마다 구성원은 비슷한 경우가 많기 때문에, 회의에 많이 참여해야하는 사람은 그들대로 분주하고 위원회에 참여할 자격이 없는 사람은 그들대로 고통을 말할 공간을 확보 받지 못합니다. 모든 교육 주체 의견을 수렴할 수 있는 장을 만들기를 회피하고, 교육 활동 평가 시 개인에게 설문조사지 작성을 요청하거나 부서별, 학년별로 의견을 수렴한 후 기획위원회 차원에서 평가회를 갖는 방식을 이용하기도 합니다.

학교 시공간 활용 방식을 개인 소유 회사처럼 통제하는 경우도 있습니다. 교육 활동에 필요한 장소를 사용하거나 학교 내부에 게시물을 부착하는데 제약이 따르거나, 에너지 절약에 대한 과도한 요청, 출퇴근 시간 관리를 받기도 합니다. 공문 열람 제한이나 예산 집행 통제와 같은 방식으로 교육 활동을 위한 정보 접근권을 제한 받기도 합니다. 복무에 대한 세밀한 통제나 출장(여비부지급)에 대한 제한 등의 조치는 배움과 성장을 위한 교사의 의지를 꺾습니다.

비본질적인 분야에 대한 꼼꼼한 관리, 교육 활동에서 교사 의지로 할 수 있는 여지가 없다는 무력감 조장은 교육 혁신 동력 상실을 유발합니다.

분주한 학사일정과 시간 부족을 이유로 일방적 전달 연수식 회의 문화를 선호합니다. 업무분장, 성과급 등 각종 수치화, 서열화 가능한 경쟁 수단을 이용하여 문제를 공론화하고자 하는 발언권을 문화적으로 제한시키는 각종 기술을 구사하는 경우도 있습니다. 교사끼리 경쟁하는 문화를 조장하면 학교 차원에서 개별 교사를 관리, 통제하기 쉬워지는 면이 있을 터입니다.

교육 주체가 원하는 교육 혁신 방향이 단위학교 대표라는 이유로 비교적 많은 권한을 가지고 있는 관리자의 교육관, 가치관과 상충하는 경우 수업, 생활교육, 업무, 기타 분야에서 매사 불필요한 갈등이 유발되고 평교사로서 혁신 시도 자체가 불가능해지는 경우가 많습니다. 아무리 좋은 교육 혁신 방법이나 정책 제안 내용이 있어도 조직에 효과적으로 전달 및 교육 주체 모두와 충분히 공유, 논의, 숙의, 발전시킬 기회 자체가 없으면, 제안하고자 하는 자가 새로운 제안을 들어줄 만큼 열려 있는 학교로 전출하지 않는 이상 그 단위학교에서는 실현 불가능하기에 무의미한 아이디어가 됩니다.

위와 같은 문제를 이미 잘 인지하고 있는 경기도교육청에서는 "2016 민주시민교육, 이렇게 운영합니다"와 같은 지침을 마련하여 단위학교가 따르도록 제안했습니다. 그러나 단위학교에서 체감하기에는 학교 차원에서 이 문서를 알고 있는지 의심스러울 정도로 학교 민주주의를 위한 의미 있는 제안들이 실질적으로 깊이 있게 정착되고 있는지 의문이 들 때가 있습니다.

2) 해결을 위한 실마리

① 사목8)권력과 대항품행

중세에 흑사병이 창궐했을 때에는 많은 사람들이 죽어갔습니다. 기껏해야 더 전염되지 않도록 발병한 사람들을 추방, 격리하거나 태우는 방식을 이용했을 것입니다. 현대에는 죽음을 불러올지도 모르는 새로운 질병에 대해 적극적으로 예방합니다. 다시 말해 아주 사소한 위험이라도 과학, 의학, 통계학 등 다양한 최신 지식을 동원해 최대한 예방하고자 합니다. 국가에게 국민은 일종의 위험 보균자입니다. 현대 국가가 국민을 인구로 취급하며 개인 삶에 공공연하게 개입하는 기술을 보면, 오이디푸스왕 신화처럼 위험을 과도하게 예방하려다가 오히려 부자연스럽게 더 큰 재앙을 불러오고 있지는 않은지 걱정이 될 지경입니다. 푸코가 초기부터 주장했던 '지식-권력'을 여기에서도 찾을 수 있습니다. 지식, 정보, 데이터를 바탕으로 개인 삶에 침입하는 폭력을 행사합니다. 끊임없이 아주 사소

---

8) [네이버 국어사전] 사목 [司牧]
"2. 〈종교〉 천주교나 성공회에서, 사제가 신도를 통솔·지도하여 구원의 길로 이끄는 일."

한 부분까지 관찰, 분석, 관리, 통제합니다.

푸코가 당대 최신 이론이었을 '신자유주의' 자체에 대해 가치 판단을 내렸는지는 확실치 않습니다. 푸코 연구자 중에는 그가 독일 질서자유주의를 호의적으로 판단했다고 보는 사람도 있으나, 아마 푸코가 좀 더 살았다면 신자유주의가 구사하는 기술의 약점을 파악해 '투쟁'했으리라고 보는 시각도 있습니다.[9] 앞으로 실천 대안으로 검토할 '파레시아스테스'를 생각해보면 그랬을 가능성이 있습니다. 푸코는 그리스인들의 '자기 배려'하는 삶의 자세를 윤리적 대안으로 제시했는데 특히 파레시아스테스로서 위험을 감수하고 진리를 말할 용기를 갖자고 주장했습니다. 권력은 '품행'을 중시했는데, 권력이 행사하는 통치에는 시대마다 대항품행이 나타나곤 했습니다. 그가 제안한 파레시아스테스도 대항품행 중 한 방식으로 보입니다.

그는 바로 앞 시대였던 중세 시대에 주로 쓰던 통치 방식이었던 '사목권력'의 특징을 분석합니다. 예수가 생활하던 시공간적 배경이 양과 친밀해서였기 때문인지도 모르지만 성경에서는 영혼을 관리하는 지도자를 양치는 목자에 비유하는 부분이 있습니다. 그래서 기독교에서는 오래전부터 영혼을 통치하거나 돕는 존재를 목자와 유사하게 여겼고 지금도 목사가 '목양'과 같은 단어를 애용하는 모습을 쉽게 볼 수 있습니다. 양육, 돌봄과 같은 목적 의식이 분명해보입니다. 양은 목자에게 절대적으로 복종하고 인도에 따라야 좋은

---

9) 심세광, "어떻게 이런 식으로 통치당하지 않을 것인가?: 푸코로 읽는 권력, 신자유주의, 통치성, 메르스— 인문학, 삶을 말하다", 길밖의길, 2015, 13–14쪽.

풀을 먹을 수 있습니다. 양이 목자를 잃으면 방황하다가 굶어 죽겠지요.

푸코에 의하면 중세에 사목이 '권력'을 행사할 수 있었던 이유 중 하나는 '고해성사'와 같은 의식이 필수였기 때문입니다. 시제는 마을 사람들의 죄 고백을 다 들어 알고 있었습니다. 그 시대 사람들의 양심은 사목이라는 타인에게 의존하고 의무적으로 점검을 받아야 했던 셈입니다. 게다가 마을 사람들 모두가 같은 종교를 공유하고 있다 보니 죄 고백하는 의무를 지키지 않으면 공동체에서 함께 생활할 수 없었겠지요. 사람들은 오랜 기간 동안 그 제도를 잘 따랐지만 시간이 지나면서 그러한 권력 행사에 대한 '대항품행'이 생겨나기도 합니다. 종교개혁도 일종의 대항품행이라고 볼 수 있을 터입니다.

② 고대 그리스인의 자기 배려

중세 사회를 움직였던 '고백'하는 체제는 개인이 사목으로 대표할 수 있는 공동체 시선을 의식하며 양심을 스스로의 내면이 아니라 외부 요인에 의해 만들어내게 했습니다. 다시 말해 고백 듣는 자는 고백 하는 자보다 권력을 많이 가졌다고 할 수 있습니다. 그러한 양심에서 나오는 행위는 아무리 착한 행위여도 주체적이라고 할 수 없었습니다. 푸코는 시대를 좀 더 거슬러 올라가 좀 더 주체적으로 사고하고 행동했던 고대 그리스인들의 사고방식에 따른 언행에서 우리가 어떻게 살면 좋을지 실마리를 찾습니다. 푸코는 그들로부터 철학자처럼 사유하고 옳다고 믿는 바를 위험을 무릅쓰고 말하는 정치적 삶을 살았음을 확인했습니다. 그러한 삶이 길게 보았을 때 자기와 타자를 배려하는 삶이라고 보았습니다. 우리가 잘 알고 있는 소크라테스처럼 말입니다.

사실 소크라테스를 직업적인 정치인으로 보기는 어렵습니다. 당대의 비주류 철학자라고 부르는 편이 적절할 소크라테스는 아시다시피 마지막 변론 때 잘 피하면 살 수 있었을 텐데도 굳이 진실을 말하고 독배를 마시고 죽습니다. 푸코는 플라톤 입으로 전해들을 수 있었던 소크라테스가 보인 마지막 모습에서 '파레시아'라는 삶의 자세를 이끌어냅니다.

고대 그리스인들은 자기와 가정을 잘 '돌보기'를 미덕으로 삼았다고 합니다. '경제'라는 말의 어원인 '오이코노미쿠스'는 가정을 잘 관리하는 기술을 가리켰습니다. 푸코가 여기에 관심을 갖기 시작한 이유는 당대에 유행한 '양생술' 때문이었습니다. 몸과 영혼을 건강하게 유지하는 일종의 수련법이 있었다는 점에서 '자기 배려(돌봄)', '자기의 테크놀로지'라는 개념을 착안했습니다. 주체화란 스스로를 끊임없이 변형, 형성해가는 과정이기 때문에 자기반성과 극기, 절제를 나타내는 '수련'과 같은 단어를 쓰고 있습니다. 실존과 삶을 아름다운 예술작품처럼 만들어가기 위해서는 지금과는 다른 사람이 되기 위한 수련이 필요하다고 보았습니다.

③ 파레시아스테스[10]

위와 같은 '자기 배려' 맥락에서 이상적 삶의 자세로 제시한 '파레시아' 역시 고대 그리스인이 가졌던 가치관과 삶의 자세에서 따왔습니다. 푸코는 그리스인들의 양심이 자기 배려, 자기 조절, 자기 제어에서 나왔기 때문에 사목권력에 의해 관리 당하던 양심에 비해 더 성숙하고 주체적이며 진실하다고 보았던 듯합니다. 푸코 이론에 관심 있는 분들 중에는 생명관리정치 이후 신자유주의가 더욱 득세한 현대 사회에서는 '시민사회의 조절'이 매우 중요하고 필요하다고 보는 분들이 있습니다. 아렌트가 주장했듯 인간의 조건에 맞게 사유하며 정치적인 삶을 살리려면 공적 장에서 언어로 발언하며 실천해야 합니다. 위험을 감수하고 진리를 말하는 용기를 가지면 오히려 길게 보았을 때 우리 모두의 인간 존엄을 지킬 수 있습니다.

파레시아는 진실을 말하는 행위를 가리킵니다. 자기가 진실이라고 믿는 바를 생각만 하지 않고 현실에서 구체화해 드러내고 실천하는 방식입니다. 고대에는 '자유인'으로 여겨지는 사람들이 이성에 입각한 언어활동으로 실천했으며, 생존에 대한 안전이 확보되지 않는 상황에서도 절박한 심정으로 진실을 말했습니다. 목숨을 걸고 말하는 구조이기 때문에, 말하는 자는 지식을 알기만 하지 않고 앎과 실천을 일치시킬 수밖에 없었고, 듣는 자는 그 발언을 신뢰할

---

10) 전혜리, "미셸 푸코의 철학적 삶으로서의 파레시아", 이화여자대학교 대학원 석사학위논문, 2014.

수 있었습니다.

반대로 '스툴투스'는 자기를 아직 배려하지 않는 상태, 외부 어떤 요인에 예속화되어 있는 상태를 가리킵니다. 외부에서 주어지는 지식이나 상황을 수동적으로 받아들이는 상태입니다. 푸코는 칸트의 입을 빌려 이 상태를 '미성숙'한 상태로 봅니다. 그들은 스스로 생각하지 않고 외부 권위에 의지하려는 태도를 보이며, 결단이나 용기를 내지 않고 외부가 원하는 대로 살기 때문입니다. 다시 말해 세분화된 전문가들에게 자신의 삶을 맡기고 편안하게 삽니다. 이를테면 자신의 영혼을 중세에는 사목 권력에, 현대에는 정신과 의사에게 맡기고 그들에게 의존하는 태도를 보입니다. 이러한 태도를 가지면 자기와 타자에게 일어나는 일에 대해서 무관심해지기 쉽습니다. 푸코는 역사적으로 진리나 지식을 머릿속에서 인식하기만 해도 되는 맥락이 생겨나면서 앎과 삶이 일치하는 삶의 자세가 점점 사라진 점이 문제라고 보고 있습니다.

즉, 파레시아스테스는 개인이 철학적인 시민으로서 자신이 믿는 바를 이야기하기를 실천하는 사람을 가리켰습니다. 그리스 비극에서는 '파레시아'할 수 없는 유배 상태를 '노예'와 마찬가지로 보며 답답해하는 등장인물이 나옵니다. 그리고 통치자가 파레시아스테스의 말을 듣지 않으면 '우둔한 천치'라고 보기도 합니다. 물론 진실을 말하고 죽는 등장인물도 여러 명 나옵니다. 어쨌든 자유인이 확보하고 있던 발언권이 바로 민주제의 핵심입니다. 그러나 푸코는 사람들이 정치적 삶을 잃어버리고 민주주의가 왜곡된 현대에 파레시아는 정치적 성격보다 윤리적 성격을 갖는다고 봅니다.

이러한 삶의 자세는 중세 기독교 문화에서의 '고해성사' 제도와 구분할 만한 차이점을 가지고 있지요. 사목에 대한 고백 과정에서는 권력 안에서 자신을 포기하고 순응하는 언행을 보입니다. 파레시아스테스는 어떤 발언을 하면 심지어 죽을 수도 있다는 위험성이 느껴져도 자신이 진실이라고 믿고 알고 생각하는 바를 말합니다. 이의를 제기하고 주변 사람들과 함께 대항할 전략을 찾아가고자 합니다. 자유로우며 사유할 줄 아는 인간으로서 권력이 구사하는 통치 방식이 가진 문제에 대해 말합니다. 우리 학교 구조와 문화에서 드러난 문제를 해결할 방식 역시 이러한 지점에서 찾아야 하리라고 생각합니다.

3. 학교 구조와 문화에서 작동하는 통치 기술

이 장에서는 단위학교에서 흔히 경험할 수 있는 통치 기술 사례에서 권력의 계보학 단계를 추출해보려고 합니다. 이 작업을 하는 이유는 특정한 리더십을 비난하기 위해서가 아니라 교육 주체 모두가 무의식적, 폭력적으로 행사할 가능성이 있는 세밀한 통치술에 대해 성찰해보기 위함입니다. 이를 위해 아래 제시할 표에서 '학교 차원 통치 기술'과 '교사 차원 통치 기술'을 병기했습니다.

오랜 기간 학교 안팎에서 구체적인 사례를 수집하면서 학교 차원에서 통용하는 통치 기술이 단위학교나 개인 리더십 성향에 따른 기술인지, 한국 학교가 보편적으로 공유한 기술이라고 말할 수 있는지, 그 여부를 철저히 구분할 수 있을지 연구자 스스로도 고민이 많았습니다. 연구 시작 단계에서 함께 검토해주신 선생님들께서는 보편화할 수 없는 사례도 있다고 말씀하셔서 그러한 부분은 최대한 배제하려고 노력했습니다. 그러므로 표에 기재한 특정 통치 기술이 유의미하게 보편적인 기술인지에 대해서는 앞으로 더 많은 선생님들과 논의가 필요합니다. 본고 앞부분에서 다룬 바처럼 푸코가 제시한 권력의 계보학 단계를 근거로 표를 작성해보았습니다.

1) 주권 단계

교육활동 영역	학교 통치 기술 사례	교사 통치 기술 사례
수업	학생 전반이 교실 안, 제자리에 앉아서 조용히 수업 듣기를 선호, 교실이나 학교 밖에서 하는 활동식 수업 제한	조용히 집중시키고 주로 일제식, 강의식 수업
업무	1. 학교 운영이나 예산 사용에 관한 사항을 공론화하지 않고 소규모 위원회에서 결정, 정보 공유 어려움 2. 업무 추진 시 담당자 권한 제한	1. 학생 자치회의 시 교사 차원의 방향성이나 기준을 가지고 과한 개입 및 강압적으로 의견 제시 2. 사사건건 허락 맡게 하기
생활교육(지도)	학생생활인권규정 등 개정 시 학생의 의견을 제대로 묻지 않고 성인11)이 원하는 방향으로 개정	학생의 의견을 묻지 않거나 고통을 말할 기회를 주지 않음
그 밖의 제도	마음에 들지 않는 교사에게 차별, 불합리한 업무분장 등으로 복수	같은 잘못에도 특정한 학생을 더 크게 혼내는 등 의식, 무의식적 차별 대우
눈치 보게 만드는 문화	1. 위계질서 강조, 교무실에서 큰 소리로 지적하기 2. 교사나 행정실무사를 학생 대하듯 하기: 과도한 의전 관행, 잔소리와 하대어 사용	1. 학생에게 물리적, 심리적 압력을 행사하거나 사소한 일로 과하게 잔소리하기 2. 쉽게 심부름이나 교무실 청소 등 시키기

---

11) 학교 내 문화를 다루면서 '교사'가 아닌 '성인'이라는 용어를 사용한 이유는 학교제 규정 개정 시 교사들뿐만 아니라 학부모들, 학교 인근 주민들까지 영향을 미치기 때문이다. 자녀를 학교에 보내고 있는 학부모는 물론이고, 자녀를 진학시킬 학교를 물색하는 학부모가 선호하는 생활교육 방식까지 고려하여 규정을 개정하기 때문이다. 또한 학교 인근 주민들이 해당 학교 학생들 용의복장에 대해 '보기 좋지 않다'는 민원을 자

2) 규율 단계

교육활동 영역	학교 통치 기술 사례	교사 통치 기술 사례
수업	'장학'을 이유로 잦은 순회	공강 시간에 담임 학급 교실 수시로 감시하기
업무	실체 불분명한 감사, 징계 등을 이유로 자기 검열 분위기 조성	학생부 혹은 개인 교사 차원에서 수업 및 생활에 관해 수시로 감시할 수 있다는 분위기 조성
생활교육(지도)	1. 학생부 차원 교문 지도 및 수시 용의복장 검사 2. 학교 행사 시 운동장 조회와 같은 예전 관행 유지	1. 교사 차원에서 교칙을 엄격하게 적용해 수시로 용의복장 검사, 지적, 시정 조치하기 2. 인성 교육을 이유로, 소수의 잘못 때문에 전체 학생을 대상으로 필요 이상으로 긴 조종례 하기
그 밖의 제도	1. 시공간 관리와 통제: 청소 강조, 장소 사용 자유 제한, 출장(여비부지급 등) 제한 2. 언행, 복장 등에 관한 검열	1. 청소 강조, 책상 줄 맞추기, 근거 있는 지각이나 조퇴 등에 대해 허용 꺼림 2. 사안 발생 시 말조심 시키기
눈치 보게 만드는 문화	1. 여러 위험을 염려하여 학교에서 일어나는 문제를 공론화하지 않고 사석에서 동료 교사끼리 뒷담화 하는 문화, 2. 편 가르기, 친한 교사에게 사소한 부분이라도 혜택주기	1. 동료 선생님들과 생활지도 명목으로 학생 뒷담화 하는 문화 2. 순종적이고 말 잘 듣는 학생에게 사소한 혜택이라도 챙겨주기

주 제기할수록 용의복장 규정은 치밀해진다.

3) 안전 단계

교육활동 영역	학교 통치 기술 사례	교사 통치 기술 사례
수업	1. '안전' 등 국가 차원에서 내려온 교육과정 과도하게 따르기 2. 학업성취도 평가나 수능 등 국가 차원 일제식 평가에 대한 세밀한 지시와 통제	1. 높은 성적, 진학을 이유로 수업 시간이나 학생 상담 시 학업에 대한 압박하기 2. 학교생활기록부, 성적표 가정통신문 기재 과정에서 압박, 복수하기
업무	'교원업무정상화' 과정에서 공문 열람 자유 제한되어 필요한 정보 공유 어려워짐	교육활동에 대한 정보를 교사가 잘 알고 있으면서 통제를 위해 일부러 잘 안내하지 않음
생활교육(지도)	1. 유사 학생생활평점제(상벌점제): 생활지도 관련 지적 사항을 엑셀로 정리한 파일을 전교사가 공유하기, 규칙 위반 횟수를 수치화하여 기록하기 2. 규칙 위반 등 독특한 언행을 일종의 질병으로 보고 상담 받게 하기, 경찰 등 외부 기관에 의존하기	1. 수업이나 교칙 위반 사항을 횟수로 기록하여 처벌, 상담하기 2. 손씻기, 손소독 등 위생에 필요한 사소한 행동에 대한 강조와 관리
그 밖의 제도	1. 학사일정을 분주하게 돌리기 위해 시공간 통제: 민방위 훈련 위해 쉬는 시간이나 점심시간 줄이기 2. 기온을 고려하지 않은 과도한 에너지 절약 등 학교 운영에 대해 경제 효율성 차원	1. 수업이나 생활 관련해서 빨리 행동하도록 재촉하기 2. 수행평가나 대회 참여 등 해야 할 많은 일을 전부 열심히 노력해서 수행하도록 분주하게 만들기

	에서 접근 3. 공간 정비: 깔끔한 게시물 관리 강조, 학생들이 뛰어다 닐 만한 복도에 화분 놓기	
눈치 보게 만드는 문화	외부에서 '좋은 학교'라는 평 가를 받기 원하고, 민원은 최 대한 예방하기	좋은 학급이라는 평판 받기 원 하며 사소한 민원이나 지적에도 발 빠르고 과도하게 대처

Ⅲ. 눈치 보는 학교 문화

1. 설문조사를 통한 실태분석

1) 설문조사 내용

① 실시 기간: 2017.01.02.-02.08.

② 참여 대상 및 인원: 초, 중, 고 현직 교사 374명

③ 방법: 구글폼 이용, 답변자수를 비율로 산출

④ 문항

〈연구실천프로젝트X 설문조사〉

안녕하세요? 저는 "치밀한 계획과 평가 위주 학교 시스템이 눈

치 보는 학교 문화 형성에 미치는 영향"을 주제로 연구실천프로젝트X를 진행하고 있는 현직 교사입니다. 필요 이상으로 과도한 관리 때문에 고통을 느꼈지만 평소 단위학교 내에서 편안하게 말하거나 문제 제기 하기 어려웠던 사례에 대해 선생님께서 철저히 익명 보장을 받고 대나무숲에 외칠 수 있는 장을 마련하고자 본 설문조사를 진행합니다. 근무하는 학교의 경향성이나 응답자 본인이 느끼는 정도를 선택하시고, 가능하면 기타에서 서술형으로 자세하고 구체적인 답변을 적어주시면 연구자가 분류, 분석해서 의미를 추출해보려고 합니다. 학교급별, 지역별로 유의미한 결과가 나오려면 많은 선생님의 참여가 필요하오니 동료 선생님께 퍼뜨려주시면 더욱 감사하겠습니다. 선생님의 소중한 참여가 민주적이고 자유로운 학교 문화 조성, 교사의 전문성에 따른 교육활동 자율성 확보에 큰 도움을 주리라 믿습니다. 감사합니다.

* 학교급
1) 초등학교 2) 중학교 3) 고등학교 4) 기타

* 설립별
1) 혁신학교 2) 일반 공립학교 3) 사립학교 4) 대안학교 5) 기타

* 성별
1) 여성 2) 남성

* 근무지역
1) 서울 2) 인천 3) 대전 4) 세종 5) 대구 6) 울산 7) 부산 8) 광주 9) 경기 10) 강원 11) 충북 12) 충남 13) 경북 14) 경남 15) 전북 16) 전남 17) 제주

※ 근무하는 학교 혹은 자신과 가까운 쪽을 선택하세요.

* 교육활동, 행정업무, 생활교육 상황

1. 교장, 교감선생님은 학교운영에서 융통성보다 원칙을 고수한다.
1) 그렇다 2) 보통이다 3) 아니다

2. 교장, 교감선생님은 학생 평가에 대한 관리 감독이 과도하다.
1) 그렇다 2) 보통이다 3) 아니다

3. 응답자는 교육활동 혁신 과정에서 교장, 교감선생님이나 상급 기관의 제지를 받거나 눈치를 본 경험이 있다.
1) 그렇다 2) 보통이다 3) 아니다

4. 소속교 수업대화는 교장, 교감선생님께 지적 받는 기존 '수업장학' 분위기에 가깝다.
1) 그렇다 2) 보통이다 3) 아니다

5. 교장, 교감 선생님의 관리가 과도해 행정업무에 대한 담당교사의 권한이 적은 편이다.
1) 그렇다 2) 보통이다 3) 아니다

6. 소속교는 모두가 발언하는 회의보다는 '일제식 전달 연수'나 소수가 참여하는 '위원회' 형식이다.
1) 그렇다 2) 보통이다 3) 아니다

7. 소속교는 학교 운영 관련 정보가 공평하게 공론화되지 않아 응답자는 소식 빠른 동료 교사를 통해 전해 듣는다.
1) 그렇다 2) 보통이다 3) 아니다

8. 응답자는 업무분장 희망원과 맞지 않게 불공평, 비합리적으로 업무를 배정 당하거나 차별을 본 경험이 있다.
1) 그렇다 2) 보통이다 3) 아니다

9. 소속교는 생활교육이나 행사 운영 시 '예전 관행'을 유지하는 편이다.
1) 그렇다 2) 보통이다 3) 아니다

10. 응답자는 생활교육에서 교사 자신의 교육관과 맞지 않는 '생활지도'(용의복장 검사, 지각자 관리 등)를 요청 받곤 한다.
1) 그렇다 2) 보통이다 3) 아니다

* 근무하는 학교의 교사 문화 및 해결 방식
11. 응답자는 교장, 교감선생님이 바뀌면서 학교 구조나 문화 자체가 크게 달라지는 상황을 경험한 일이 있다.
1) 그렇다 2) 보통이다 3) 아니다

12. 소속교는 언론(회의 시간 발언, 메신저 발송, 게시물 부착 등)의 자유가 적은 편이다.
1) 그렇다 2) 보통이다 3) 아니다

13. 소속교는 학교 운영 관련한 사안 발생 시 공론화하기 어려운 분위기이다.
1) 그렇다 2) 보통이다 3) 아니다

14. 교장, 교감선생님은 교사에게 수직적인 관계를 상정하고 과도하게 꾸중하거나 지엽적인 사항에 대해 조언, 지적한다.
1) 그렇다 2) 보통이다 3) 아니다

15. 소속교는 하대어 사용, 업무 외 사소한 심부름, 회식 시 술 강권 등 수직적인 권력 행사 문화가 있다.
1) 그렇다 2) 보통이다 3) 아니다

16. 소속교는 교장, 교감선생님이나 동료 교사들이 교원평가, 성과급, 다면평가, 학폭 가산점 등 각종 평기에 관심이 많은 분위기이다.
1) 그렇다 2) 보통이다 3) 아니다

17. 소속교 교사는 치밀한 계획과 평가 위주 학교 시스템과 관련하여 문제 발생 시 어떤 방식으로 해결하는 편인가?(중복 응답 허용)
1) 상급기관에 질의 및 정리 요청
2) 교원단체에 속한 동료 교사에게 도움 요청
3) 고통 받는 당사자가 나서서 발언 및 해결 노력
4) 동료교사끼리 사석에서 뒷담화 형식으로 정보 공유
5) 부장교사 선에서 평교사와 교장선생님 사이를 중재하도록 유도
6) 사안 발생 시 수시로 회의를 소집하여 자유롭고 편안하게 공론화
7) 개인적인 문제로 치부하여 당사자가 참거나 공동체에서 문제를 무시

18. 설문조사 문항과 관련하여 구체적인 갈등이나 고통 경험이 있다면 서술식으로 자유롭게 남겨주세요.

_____

2) 설문조사 결과

① 선택형

설문조사를 실시하기 위해 문항을 만들 당시 연구자는 '치밀한 계획과 평가 위주 학교 시스템이 눈치 보는 문화를 만들 것이다'라는 가설을 설정했습니다. 연구자 의도와는 다소 달랐지만 막상 설문조사 결과 분석을 해보니 전체 결과에서 눈치 보는 문화 형성 원인이 확연히 드러났습니다. 이에 따르면 교사들은 원인을 미시적인 쪽보다는 거시적인 쪽에 두고 있다는 사실을 발견했습니다. 모든 단위학교가 치밀한 계획과 평가 구조를 갖고 있지는 않고 단위학교 관리자 성향에 따라 다르다는 의미일 수도 있겠습니다. 그러나 본 설문조사에 참여한 교사 스스로 그러한 구조와 문화에 문제가 있음을 어렴풋하게는 느끼고 있으나 그 안에서 오랫동안 지내오면서 이를 당연하거나 편하게 여겨 원인을 제대로 성찰하기 어렵다는 문제도 있다고 해석합니다.

중요한 지점은 리더십 유형은 천차만별이지만 많은 권한을 가진 리더십이 스스로 어떤 학교 구조와 문화를 형성하는데 어떤 영향을 끼치고 있는지 성찰하지 않으면 의도치 않게 폭력을 행사할 수 있다는 점입니다. 이를 방치했을 때 교육 주체는 문제를 공론화해서 근본적으로 해결하기보다는 눈치를 보며 각자도생하려는 경향을 보일 수 있다는 점도 생각해보아야 합니다. 이를 위해 편안하게 공론화하는 회의 문화를 제도, 의식적으로 갖출 필요가 있습니다.

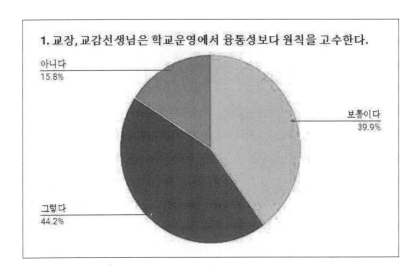

1. 교장, 교감선생님은 학교운영에서 융통성보다 원칙을 고수한다.

아니다
15.8%

보통이다
39.9%

그렇다
44.2%

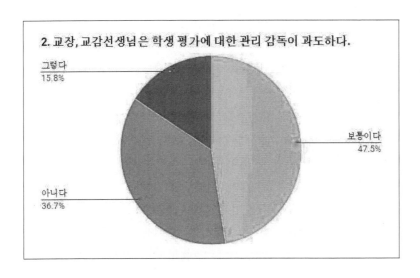

2. 교장, 교감선생님은 학생 평가에 대한 관리 감독이 과도하다.

그렇다
15.8%

보통이다
47.5%

아니다
36.7%

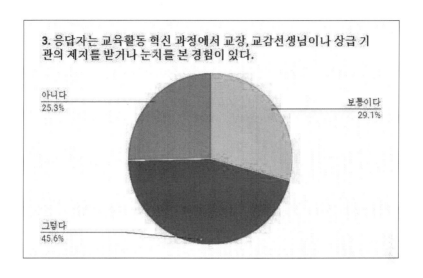

3. 응답자는 교육활동 혁신 과정에서 교장, 교감선생님이나 상급 기관의 제지를 받거나 눈치를 본 경험이 있다.

아니다
25.3%

보통이다
29.1%

그렇다
45.6%

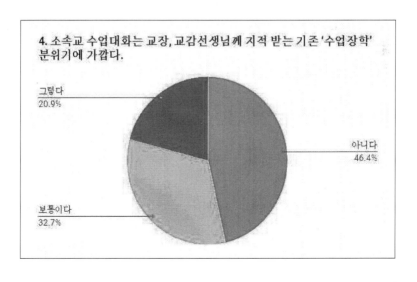

4. 소속교 수업대화는 교장, 교감선생님께 지적 받는 기존 '수업장학' 분위기에 가깝다.

그렇다
20.9%

아니다
46.4%

보통이다
32.7%

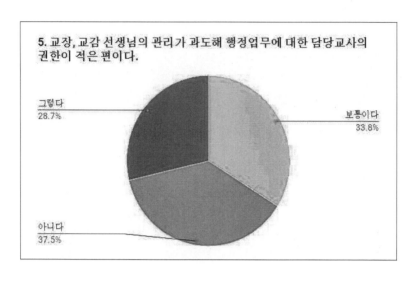

5. 교장, 교감 선생님의 관리가 과도해 행정업무에 대한 담당교사의 권한이 적은 편이다.

그렇다
28.7%

보통이다
33.8%

아니다
37.5%

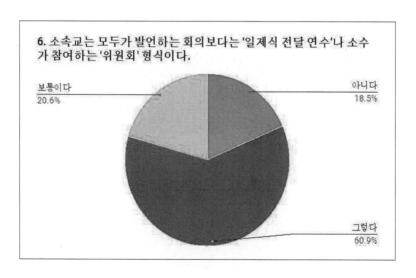

6. 소속교는 모두가 발언하는 회의보다는 '일제식 전달 연수'나 소수가 참여하는 '위원회' 형식이다.

보통이다
20.6%

아니다
18.5%

그렇다
60.9%

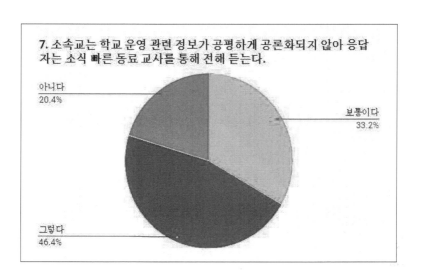

7. 소속교는 학교 운영 관련 정보가 공평하게 공론화되지 않아 응답자는 소식 빠른 동료 교사를 통해 전해 듣는다.

아니다
20.4%

보통이다
33.2%

그렇다
46.4%

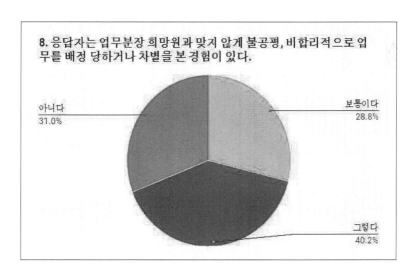

8. 응답자는 업무분장 희망원과 맞지 않게 불공평, 비합리적으로 업무를 배정 당하거나 차별을 본 경험이 있다.

아니다
31.0%

보통이다
28.8%

그렇다
40.2%

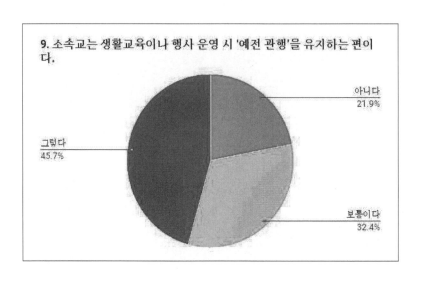

9. 소속교는 생활교육이나 행사 운영 시 '예전 관행'을 유지하는 편이다.

아니다
21.9%

그렇다
45.7%

보통이다
32.4%

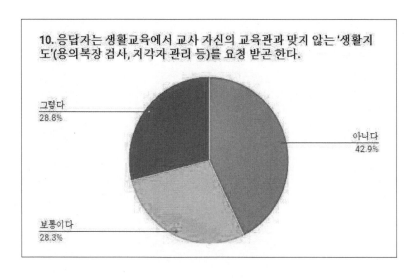

10. 응답자는 생활교육에서 교사 자신의 교육관과 맞지 않는 '생활지도'(용의복장 검사, 지각자 관리 등)를 요청 받곤 한다.

그렇다
28.8%

아니다
42.9%

보통이다
28.3%

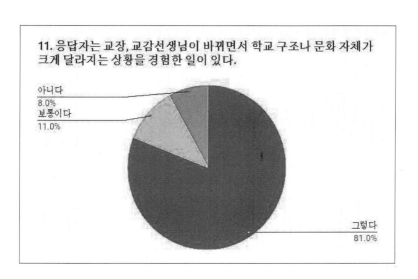

11. 응답자는 교장, 교감선생님이 바뀌면서 학교 구조나 문화 자체가 크게 달라지는 상황을 경험한 일이 있다.

아니다
8.0%
보통이다
11.0%

그렇다
81.0%

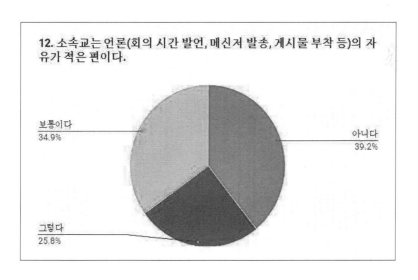

12. 소속교는 언론(회의 시간 발언, 메신저 발송, 게시물 부착 등)의 자유가 적은 편이다.

보통이다
34.9%

아니다
39.2%

그렇다
25.8%

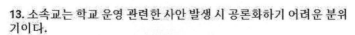

13. 소속교는 학교 운영 관련한 사안 발생 시 공론화하기 어려운 분위기이다.

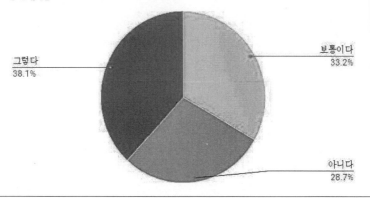

그렇다
38.1%

보통이다
33.2%

아니다
28.7%

14. 교장, 교감선생님은 교사에게 수직적인 관계를 상정하고 과도하게 꾸중하거나 지엽적인 사항에 대해 조언, 지적한다.

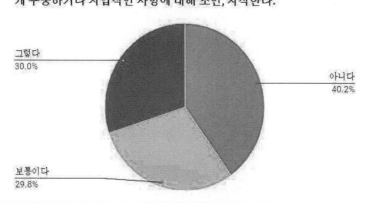

그렇다
30.0%

아니다
40.2%

보통이다
29.8%

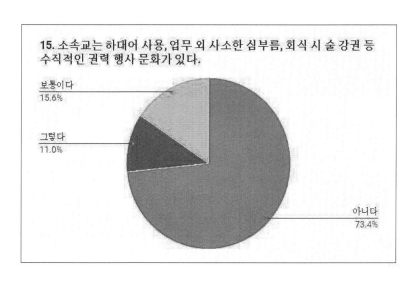

15. 소속교는 하대어 사용, 업무 외 사소한 심부름, 회식 시 술 강권 등 수직적인 권력 행사 문화가 있다.

보통이다
15.6%

그렇다
11.0%

아니다
73.4%

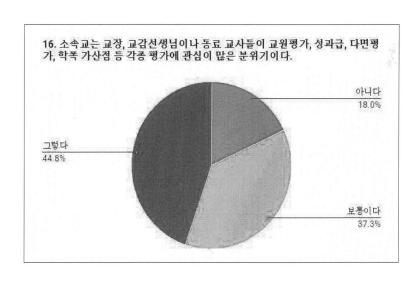

16. 소속교는 교장, 교감선생님이나 동료 교사들이 교원평가, 성과급, 다면평가, 학폭 가산점 등 각종 평가에 관심이 많은 분위기이다.

아니다
18.0%

그렇다
44.8%

보통이다
37.3%

설문조사 문항에 대해 '그렇다'고 답변한 응답자 비율이 높은 문항을 순서대로 제시하면 다음과 같습니다. 11번 문항- 리더십 성향에 따른 학교 구조와 문화 변화에 대해서는 81%가 '그렇다'고 답변했습니다. 6번 문항- 회의 문화에 대해서는 60.9%가 '그렇다'고 답변했습니다. 전체 답변 결과에 대해서는 위에 차트로 제시했습니다. 눈치 보는 문화 형성 원인과 관련하여 11번, 6번 문항에 대한 구체적인 분석은 다음 절에서 따로 시도하려고 합니다.

그밖에 응답자 중 45% 이상(연구자 임의로 정한 수치임)이 '그렇다'고 답변한 문항은 2번 문항- 관리자가 학생 평가 결과에 대한 관리 감독이 과도함 47.5%, 3번 문항- 교육활동 혁신 과정에서 관리자 눈치를 본 경험이 있음 45.6%, 7번 문항- 학교 운영 관련 정보가 공유되지 않아 사석에서 개인적으로 전해 듣곤 함 46.4%, 9번 문항- 관행 유지 45.7%입니다. 11번, 6번 문항만큼 두드러지지는 않지만 평가 결과에 대한 관리 감독이 과도하다는 답변 비율이 높다는 결과를 통해 단위학교 차원에서 치밀한 평가를 중시하는 분위기가 교사에게 부담을 주고 있다고 해석할 수 있습니다. 이러한 점이 교육활동 혁신 과정에서 눈치를 보고 관행 유지에 따르게 만들 수 있습니다. 푸코 이론에 따라 평가에 대한 과도한 관리자의 관심에 대한 문항은 안전 권력 단계에 가깝고, 나머지 문항은 규율 권력 단계에 가깝다고 봅니다.

푸코 이론에 따르면 주권 권력 단계에 포함시킬 수 있는 15번 문항- 권위주의적 관행, 수직적인 문화를 묻는 문항에서는 '아니다' 라는 답변이 73.4%로 확연히 높게 나왔습니다. 예전에 비해 교직 문화에서 눈에 보이게 권력을 폭력적으로 행사하는 문화는 많이 개선되었다고 해석합니다. 경기도교육청에서 몇 년 전부터 학교 민주주의 지수 문항을 개발하여 조사하거나 권위주의 관행 문화 개선을 위한 과제12)를 제시한 후 설문조사를 실시하고 피드백을 하고 있는데, 교직 문화 전반에서 그러한 문화를 개선하기 위한 노력에 따른 결과인지 이미 그러한 문화가 자연스럽게 개선되고 있었는지는 확실치 않습니다. 설문조사 결과에 따르면 해마다 권위주의 관행 문화는 개선되고 있습니다. 그러나 본 연구 설문조사에 따르면 다른 관행들에 비해 비민주적이고 소통하지 못하는 회의 문화만큼은 개선하기 쉽지 않은 관행임이 드러났습니다.

② 서술형

설문조사에 참여하는 교사가 고통스럽다고 생각하는 부분에 대해 선택형 문항에서 언급하지 않은 부분이 있으면 서술형으로 작성해

---

12) 경기도교육청에서 권위주의 관행 문화를 개선하기 위해 제시한 '7대 분야 14대 과제'는 다음과 같다. 언어문화(반말이나 하대어 사용하지 않기, 상호 존중어 및 존칭어 사용하기), 예절문화(먼저 보는 사람이 먼저 인사하기, 승진·연수, 영전 등에 대한 과도한 위문 없애기), 접대문화(과도한 손님맞이 준비와 접대하지 않기, 차접대를 위한 셀프서비스 코너 운영하기), 회식문화(술잔을 돌리거나 강권하지 않기, 접대성 회식 강요하지 않기), 회의문화(소수의 발언과 의견이 독점되는 회의하지 않기, 정보를 나누고 공유하는 회의하기), 의전문화(행사 및 손님맞이에 도열·치장하지 않기, 대회사, 축사 및 내빈 소개 간소화하기), 성·인권 문화(성차별적 비하나 성적 농담하지 않기, 불쾌감을 주는 신체적 접촉하지 않기).

달라고 요청했습니다. 예측했던 대로 '고통'에 대해 물었기 때문에 긍정적인 답변보다 부정적인 답변이 압도적으로 많았습니다. 소수 긍정적인 답변을 한 교사가 처한 조건의 공통점은 '관리자 성향이 민주적, 허용적이다', '소규모 학교에서 근무하고 있어서 공론화가 편하고 교육 주체 간 소통이 잘 되는 편이다'라는 점이었음을 주목할 만합니다. 눈치 보는 문화 형성 원인으로 선택형 답변에서 드러난 11번 문항- 리더십에 따른 학교 구조와 문화 변화, 6번 문항- 회의 문화와 관련 있는 결과로 보입니다.

⟨긍정적인 답변⟩

리더십	학교 규모가 큰 학교라서 그런지 관리자 분들이 좌지우지 하는 분위기가 아님. 대체로 평등한 분위기고 평교사들의 의견이 억지스럽지만 않으면 수용되는 편임.
	상하수직적인 교직원관계는 바람직하지는 않겠지만 관리자의 입장에서 생각해보면 그들의 고충도 이해가 감. 무조건 윗사람의 잘못만 찾아내는 것은 아닌 듯, 아울러 평교사들도 불평 불만하기 이전에 서로 입장을 헤아려 대화와 타협을 통해 해결점을 찾았으면 함.
학교 문화	본교는 신설교로 전교생 200명 이하 소교모 학교라 구조적으로 교직원간 소통이 잘 됨. 학교 규모가 커져서 교직원이 많아지면 달라질 수도 있겠지만 경기도교육청의 혁신마인드를 관리자가 지키려고 하기 때문에 민주적인 운영체제가 잘 지켜지고 있음.
	예전에 근무하던 학교에서는 설문조사 문항에 나온 온갖 힘든 점들이 많았는데 제대로 된 혁신학교로 온 다음에는 저런 문제들이 싹 사라졌음. 혁신학교가 제대로 돌아가려면 수평적인 혁신 마인드가 기

본이기에 그런 것 같다고 생각함. 지금 학교에서 본인도 열심히 혁신 마인드를 배우고 있음. 하지만 다른 학교들은 그렇지 않기에 이 다음에 다른 학교로 돌아갈 것이 너무 두려움. 심지어 혁신학교가 끝나면 교사를 관두어야하는지 걱정이 될 정도임. 모든 학교가 혁신마인드가 되었으면 좋겠음.
신규교사로서 학교운영방식에 대해 잘 모르는 경우 아직은 수직적 구도가 저에게 맞는 것 같다고 생각함.

부정적인 답변은 건수가 많기 때문에 크게는 '평가 문화', '리더십', '학교 문화'로 분류하였습니다. 분량이 꽤 많지만 각 답변이 우리 학교 구조와 문화가 가진 문제를 잘 드러내는 사례이므로 응답자 전체 답변을 빠짐없이 되도록 그대로 제시하였습니다.

먼저 평가 문화에 관해서는 교원평가와 성과급, 학폭 가산점, 승진 제도 등과 관련하여 학교 구조와 문화가 교육활동 결과를 치밀하게 수치화, 서열화하여 경쟁시키는 문제에 대해 언급했습니다. 상급기관이 지시하는 업무가 과다하고 전시 행정, 관행 따르는 문화가 유지되고 있는 점 자체가 근본 원인 중 하나라고 보는 답변도 있었습니다. 위와 같이 분주하고 본질을 왜곡하는 평가 문화 때문에 정작 중요한 교육 활동 왜곡 및 갈등 유발 상황에 처하거나 학생에게도 결과 중심의 평가를 하도록 내몰리는 문제에 대해 고통을 호소한 답변이 많았습니다.

그리고 리더십에 관해서는 관리자 성향에 따른 언행이 관료주의,

권위주의, 비민주적이기 때문에 나타나는 폭력과 억압에 대해 언급했습니다. 관리자가 민원이나 갈등을 두려워하고 무사안일주의로 관행 따르기를 선호해서 나타나는 문제도 드러났습니다. 학교 운영 과정에서 형평성 부족으로 인한 불평등과 차별, 비합리적이고 부당한 처우에 대해 고통을 호소한 답변이 많았습니다.

마지막으로 학교 문화에 관해서는 문제나 갈등이 발생해도 공론화 자체가 불가능하고 소통이 부재하며 문제 해결 의지 자체를 보이지 않는 경우를 언급했습니다. 학교 문화 자체에서 전반적으로 수직적 상하문화가 남아 있거나 비합리적인 학교 운영 과정에서 일부 교사에게 업무가 몰리거나 업무분장에서 차별이 발생하여 스트레스를 받거나 동료 교사 간 갈등이 나타나는 문제도 드러났습니다. 눈치를 봐야 하는 문화 자체, 즉 문제 해결을 개인 책임으로 방치하거나 사석에서 뒷담화하거나 정보를 공유해야하는 상황에 대한 불편함을 호소한 답변이 많았습니다.

〈부정적인 답변〉

평가 문화	소수교사라서 그런지 관리자의 간섭이 다소 많고 교원평가나 성과급에서 부당하다 느낀 적이 있었음. 제도가 폐지되거나 개선되기 원함.
	대안학교임에도 불구하고 교사의 본질적 역할인 학생지도 및 상담, 학급경영, 수업보다 행정적 업무 처리 능력이 우수한 교사가 높은 평가를 받고 냉혹하게 서로의 업무를 평가하는 문화로 인해 자괴감과

회의감이 들었음. 관리자가 주말이나 퇴근 후, 심야 등에도 문자와 카톡 등으로 업무에 관해 지시나 전달을 거듭하는 것으로 인해 심한 부담과 스트레스를 받음.

6학년 담임(경력 15년차)을 하고도 관련 증명 문서가 미진하다고 하여 가산점을 못 받고 스펙 관리를 잘하는 1학년 담임 신규교사(3년차)가 학폭 가산점을 받는 상황에서, 학교에서 관리자가 상황에 대한 교통정리를 안 해주는 모습과 뒷담화 하는 학교분위기를 목격함. 성과급이든 학폭 가산점이든 성과를 증명하고 점수 규정을 조율하는 과정에서 정말 학교분위기가 엉망이 됨. 협동해야 하는 교육 현장에서 무슨 성과를 찾는지 모르겠고 이 규정으로 각자의 학년이 가장 힘들다며 학년 이기주의가 발생해 교사들끼리 다투는 모습이 참 답답함. 제도가 긍정적인 문화를 만들기는커녕 오히려 해를 끼친다고 생각함.

교원평가를 없애야한다고 생각함. 교사 대부분이 없어져야한다고 말하고 있는데 반영을 안 하고 있는데 무엇을 위한 것일까?

초등보건교사로서 하루 80여명의 아이들이 보건실을 방문하고, 3~6학년 보건수업, 건강관련 업무, 환경관련업무, 저수조청소, 수질검사, 공기질검사, 정서행동검사, 아동학대방지, 자살방지, 성폭력예방, 흡연예방 등의 업무를 맡고 있음. 업무가 과다하다 느끼고 조정을 요청했지만 초등교사들과 행정실 사이에서 이해받기 힘듦. 성과급은 늘 B등급으로 예상함. 사실 이글을 쓰는 지금도 보건교사를 교사로 생각하려나 하는 생각이 듦. 일을 해도 소통이 되지 않고 소외되어있다는 생각을 많이 함.

교장, 교감 보다는 교육부, 교육청. 교육지원청으로 이어지는 관료적 통제와 시도교육청 평가가 근본원인!

업무 서류작업이 수업보다 우선되는 행태가 많으며 불필요한 결재처리를 요구함.

관리자보다도 교육청이 너무 압박임.

인사자문위원으로 '학교폭력예방기여 가산점' 대상자 선정 회의에 들어가야 했는데 급식 지도로 빠지고 나중에 결과를 들었을 때 비담임에 순회하는 선생님이 제외되었다고 들었음. 학폭 업무 담당자 및 담임교사 우선이라 합당하다는 생각을 했는데 해당 선생님이 교감선생님께 이의를 제기하고 나서 교무부장 선에서 해당 선생님을 구제하고 신규를 제외시킴. 말도 안 되는 처사라고 생각했지만 다시 위원회가 소집되지 않았고 변경되었다는 공문만 비공개로 올려진 것을 보았음.

1. 업무의 공정한 분배가 이루어지지 않고 일을 빨리 처리하는 교사나 젊은 교사에게 업무를 과도하게 부과함. 업무희망카드를 작성하지만 관리자뿐만 아니라 몇몇 사람들의 의견으로 좌우지됨.
2. 예전에 하던 대로 하자(관행을 유지하려는 경향)는 의견을 내는 선배교사들로 인해 학생들을 위한 행사가 아닌 교사의 편의를 위한 전시행정이 이루어짐.
3. 학교평가에서 높은 점수를 받기 위해 실속 없는 겉치레 행사만 늘어가는 추세임. 평가의 목적이 무엇인지 모르겠음. 좋은 평가를 받았을 때 학교 타이틀만 생길 뿐 실질적인 혜택은 없는 듯.
4. 성과급 산정을 위한 다면평가 시 연공서열로 이루어지기에 실제로 일을 많이 하는 교사일지라도 경력이 없으면 높은 등급을 못 받음. 다면평가위원회나 인사자문위원회가 있지만 그 역할을 공정하게 감당하고 있는지 의문임.
5. 학폭 가산점 못 받은 교사의 항의가 들어오면 기준이 없이 개인의 의견만 듣고 명단이 바뀜. 실제로 열심히 업무에 임했지만 손해보는 저경력 교사가 생김.

전시행정이 강해서 평가도 겉으로 드러나 보이는 부분은 매우 치밀하게 이루어지고 정작 가장 중요한 교육 활동과 일상의 교육과정 운영은 신경 쓰지도 않을 때가 많음. 예를 들어 운동회나 학예발표회나 학부모 초청 공개수업이나 연구학교 발표회나 학교실적 관련 대회 등에는 철저한 계획과 관리 감독이 이루어지는 반면 그것으로 인한

	평소 일상의 교육과정 운영은 신경쓰지도 않는 문제가 팽배함.
리더십	토론을 싫어하는 교장, 교감님, 문제에 대해 공론화하는 행동을 부담스러워하는 교장, 교감님. 결국, 열심히 하는 사람은 더 힘들어지고, 대충하고 원칙을 지키지 않는 사람들만 편하게 생활하게 되어서, 더 이상 열심히 하고 싶지 않게 만드는 분위기임.
	관리자가 업무분장 시 희망을 전혀 고려 안 해주고, 오히려 사적인 감정으로 원하지 않는 업무를 주기도 함.
	교장선생님이 개인적으로 학교 물건을 사달라고 요구하시는 경우 있었음. 본인을 모시기를 바라서 운전기사 역할을 요구하는 경우가 있었음. 학교가 본인의 것이고 교사를 자기 마음대로 부리려고 한다는 생각이 들었음.
	회의시간에 의견을 말하라고 해서 의견을 말하니 교장이 불편해했고 다음 해 업무분장에서 불이익을 줌. 교장의 답이 정해져 있으면서 교사들의 의견을 들어주는 척하면서 자기와 다른 의견을 내는 교사를 배척한다는 생각이 들었음.
	자신의 뜻과 맞지 않는 경우 사람들이 많은 교무실에서 큰소리로 심하게 면박을 주거나 화를 내며 뒷담화로 흉을 보는 등 인격 모독을 서슴지 않고 하는 관리자가 있음. 민원이 들어와도 교사의 말을 먼저 듣기보다 학부모 말을 전적으로 듣고 교사를 혼을 내며 교사 스스로 문제를 해결하라고 통보하기도 함.
	이제 교장, 교감은 없어지고 교사들이 스스로 돌아가면서 관리자가 되어야 한다고 생각함. 상명하달의 시대는 지나갔다고 생각하기 때문임. 필요하다면 상담사가 민원을 처리하고 교감 정도는 행정 업무만 맡으면 좋겠음.
	수업 중인데 교장이 전화하여 교장실로 오라고 해서 안 갔더니 수업 중에 교실 문을 열고 찾아옴. 협의회 안건 냈더니 공식석상에서 화를 내며 이런 내용을 썼냐는 식을 두세 번 계속 말해서 의견을 못 내게

함.

초등보건교사로서 학교에서 교원과 그렇지 않은 사람들, 예를 들면 상담사 같은 무기 계약직 분들 간의 차별을 많이 느낌. 교장선생님의 의도에 따라 많은 부분이 결정됨. 연구부장이 행복학교 신청을 하고 싶어도 교장선생님 임기 내에는 안 된다고 하시더군요. 초, 중등 모두에서 근무해본 바, 초등은 교장선생님의 권한이 중등보다 훨씬 크다고 느낌.

몇 해 전 교감선생님의 학생지도에 대한 견해 차이로 자신의 입장 및 태도를 권위적으로 보여 갈등 상황이 발생함.

문제가 발생하면 관리자들은 책임을 회피하며 담당교사나 담임교사에게 전가하는 모습이 보기 좋지 않음. 책임지지 않으려면 그 자리에 가지 말았으면 함.

신규교사로서 학년 배당 및 담임희망, 업무분장이 일방적으로 정해짐. 학기 초 학년 및 업무희망원을 교장, 교감 뜻대로 다시 적게 함.

시간외근무 도중 관리자 개인 업무로 인해 차로 실어다 줌.

울산의 중학교인데 너무 부당한 일이 많고 교무부장을 중심으로 한 실세들의 의견대로 학교가 돌아가며 심지어 교감 마음에 안 든다는 이유로 결정권을 다 빼앗기도 했음. 내년 교육과정에 대해 논의할 때 교장이 일본어보다 한문을 더 좋아한다는 이유로 말도 안 되게 한문으로 바꾸는 경우가 있었음. 곧 입학할 신입생들인 인근 초등학교 학생을 대상으로 편파적인 설문조사를 진행하여 결국 자신이 원하는 과목으로 과정을 바꾸는 사례도 있었음. 성과급 선정에도 이의를 제기할 수 없게 막고 친한 사람들만 S등급을 받도록 하는 등 부당한 일이 셀 수 없이 많아서 열심히 일하고자 하는 선생님들의 열의를 다 빼앗아 가버림.

예전 교장은 교사들의 인격을 무시하거나 본인의 생각과 다른 의견을 내면 소리를 지르거나 어떻게든 자신의 뜻을 관철시키려는 분이

	었음. 그로 인해 우리 학교는 만기를 채우지 못하고 떠나거나(또는 떠날 것을 종용받거나)하는 기피학교였음.
	그분 정년퇴임 후 새로운 교장선생님이 부임함. 이분은 교사들을 믿어주고 존중해주심. 그로 인해 학교구성원들이 매우 만족하는 분위기임. 교장 한 사람의 영향이 이렇게나 클 수 있음에 놀라고 있음.
	일단 학교혁신은 관리자의 마인드가 가장 중요한 듯함. 물론 승진에 혈안이 된 몇몇 선생님들이 혁신을 가로막고 있는 부분도 있음. 승진제도 또한 많이 바뀌어야할 듯함.
	원탁토론을 했는데, 교사들은 편안히 얘기 할 수 있어 좋아했지만 교장선생님은 자신에 대한 저항이라고 생각해서 불편해함.
	학교에서 전국학교 100대 교육과정 선발대회 참가하는 문제를 교장, 교감 및 교무부장이 일방적으로 결정한 경우가 고통스러웠음.
학교 문화	학부모로부터 불만과 피드백을 듣고, 교사를 보호한다기보다 학부모의 요구를 결국 들어주는 형태로 바뀌곤 함.
	갈등 상황에서 부장교사에게 어필하였더니 관리자에게 전달이 안 되는 상황이 발생한 적이 있음. 다른 부장교사에게 상황을 듣고 직접 관리자에게 요구사항을 말하거나 해야 하는 경우가 생김.
	학생의 핸드폰을 학교 방침으로 걷었다가 분실 시 담임교사 혼자 책임짐. 아무도 도와주지 않음.
	생활지도 방식의 차이(가 있는데 학교 차원에서 특정한 방식을 강요하여 불편함).
	구체적 사안보다는 전반적 분위기가 큰 영향을 주고 있음.
	비합리적인 업무분장으로 업무과중과 교원 간 갈등을 경험.
	본인이 판단하기에 교장선생님을 비롯한 리더십이 그렇게 비민주적이지는 않은데, 오히려 일부 교사들이 일을 안 맡으려고 하고 때론 이기적인 면을 보일 때가 있음. 몇 교사들이 무리를 지어 뒷담화를 발

전시켜 공론화하는 상황이 빈번하게 발생하여 고통스러웠음. 학교 문화가 분명 관리자에 의해 좌지우지되는 측면이 많지만, 교사들의 문화도 되돌아보고 반성할 필요가 있다고도 생각함(개인적으로는 승진 의사가 없는 교사가 학교 일을 헌신적으로(?) 열심히 한다고 해서 뒷담화하는 선생님들의 비평프레임에 걸리지 않은 사례였기에 오히려 그들의 타깃이 되어 참 힘들었음).
아직 수직적 상하문화가 존재함.

3) 비교 분석

설문조사 전체 결과가 연구자의 의도와 부합하지 않는 부분이 있어 아쉬웠던 한편, 오히려 비교분석 결과 분석하는 과정에서 재미와 의미가 있었습니다. 학교급별, 설립별, 성별, 근무지별로 선생님들의 답변 경향이 확연히 다르게 나타났기 때문입니다. 개인적인 경험과 그에 따른 생각을 묻는 문항들이었기 때문에 명확한 원인을 찾기에는 어려움이 있습니다. 또한 교사 개인이 처한 조건 하에서 답변해야했기에 다른 조건 근무환경과 비교하기 어려웠으리라는 한계도 있습니다. 그러므로 이 부분에서는 연구자 나름대로 교사가 처한 조건에 따라 답변이 다르게 나타난 원인들을 추측해보려고 합니다.

다음 분석을 구체적으로 따라가 보신다면 학교 안에서 열심히 노력하지 않는 사람이 거의 없는 '같은 교사'인데, 교사가 처한 조건에 따라 상당히 다른 학교 구조와 문화 속에서 근무하고 있음을 확인할 수 있어 흥미 내지는 박탈감을 느끼실 수도 있겠습니다. 한국 학교들이 합리적, 상식적, 민주적인 학교 구조나 문화와 관련하여 보편적인 평균치 수준 이상을 확보하려면 어떤 제도와 의식적 실천이 필요한지 근본적으로 고민하는 계기였으면 합니다.

① 학교급별

학교급별로 '그렇다'는 답변이 45% 이상(연구자 임의로 정한 수치임) 나온 문항을 비율이 높은 순서대로 표로 제시하면 다음과 같습니다.

〈초등학교- 191명 응답〉

순위	문항	비율(%)
1	11번- 리더십에 따른 변화	85.3
2	6번- 회의 문화	56.0
3	16번- 평가 관심도	48.7
4	3번- 눈치 경험	46.3
5	1번- 원칙 고수	45.5

〈중학교- 94명 응답〉

순위	문항	비율(%)
1	11번- 리더십에 따른 변화	78.7

2	6번- 회의 문화	55.3
3	3번- 눈치 경험	48.4

〈고등학교- 81명 응답〉

순위	문항	비율(%)
1	6번- 회의 문화	80.2
2	11번- 리더십에 따른 변화	74.1
3	9번- 관행 유지	63.0
4	7번- 정보 공유 어려움	61.7
5	8번- 업무분장 불이익	56.8
6	10번- 생활지도 요구	54.3
7	1번- 원칙 고수	46.9
	16번- 평가 관심도	

　전체 답변에도 나타났지만 11번 문항- 리더십에 따른 학교 변화,
6번 문항- 회의 문화를 묻는 문항에 '그렇다'고 답변한 비율이 엎
치락뒤치락하며 높게 나타나는 양상을 보였습니다. 전반적으로 고등
학교 선생님들이 여러 문항에서 '그렇다'는 답변을 많이 해주셔서
흥미로웠습니다. 고등학교가 평소에도 비교적 고통에 대해 눈치 보
지 않고 발언할 수 있는 분위기이기 때문에 오히려 초, 중학교 선
생님들에 비해 더 민감한 감수성을 가지고 문제를 찾아내어 솔직한
답변을 해주시지 않았느냐는 생각을 해보았습니다. 실제로 3번 문

항- 눈치를 본 경험이 있느냐는 질문에 초, 중학교 선생님들은 '그렇다'는 답변을 많이 해주셨지만 고등학교 선생님들은 그렇게 답변한 비율이 상대적으로 낮습니다.

연구자 가설 설정과 달리 16번 문항- 평가에 대한 관심은 초, 고등학교에서는 높게 나타났지만, 중학교에서는 비교적 낮았습니다. 특히 고등학교에서는 원칙 고수, 관행 유지, 생활지도에 대한 압박, 학교 민주주의에 관해 묻는 문항에서도 '그렇다'고 답변한 비율이 전반적으로 높았습니다.

② 설립별

설립별로 '그렇다'는 답변이 45% 이상(연구자 임의로 정한 수치임) 나온 문항을 비율이 높은 순서대로 표로 제시하면 다음과 같습니다.

〈일반 공립- 273명 응답〉

순위	문항	비율(%)
1	11번- 리더십에 따른 변화	85.7
2	6번- 회의 문화	67.4
3	16번- 평가 관심도	51.3
4	7번- 정보 공유 어려움	50.9
5	1번- 원칙 고수	50.5

| 6 | 9번- 관행 유지 | 48.9 |
| 7 | 3번- 눈치 경험 | 48.7 |

<혁신- 51명 응답>

순위	문항	비율(%)
1	11번- 리더십에 따른 변화	70.6
2(45% 이상은 아니나 차순위)	3번- 눈치 경험	33.3

<사립- 37명 응답>

순위	문항	비율(%)
1	6번- 회의 문화	78.4
2	11번- 리더십에 따른 변화	75.7
3	7번- 정보 공유 어려움	59.5
	8번- 업무분장 불이익	
4	9번- 관행 유지	56.8

<대안학교 및 기타- 11명 응답>

순위	문항	비율(%)
1	3번- 눈치 경험	45.5

설립별 답변 차이가 확연한 양상을 드러내고 있음을 확인하면서,

개인적으로 그래도 우리 교육에 희망이 있다고 생각했습니다. 전반적으로 일반 공립학교 선생님들이 비교적 많은 문항에서 '그렇다'고 답변해 교육 고통을 호소하셨습니다. 11번, 6번 문항은 전체적으로도 '그렇다'고 생각하는 비율이 높은 만큼 일반 공립에서도 당연히 높게 나타났습니다. 주목할 점은 다른 설립별에 비해 일반 공립학교에서 16번- 평가에 대한 관심이 높게 나타났다는 점입니다. 연구자가 설정한 '세밀한 통치가 눈치 보는 학교 문화를 만든다'는 가설에 어느 정도 부합하는 결과라고 해석합니다. 이는 일반 공립학교가 비교적 국가와 상급 기관 지시, 관리, 통제에 직접적인 영향과 그에 따른 고통을 많이 받고 있음을 보여줍니다.

혁신학교 같은 경우 '그렇다'는 답변 비율이 높은 11번 문항- 리더십에 따른 변화조차도 긍정적인 답변으로 읽힙니다. 일반 공립에서 근무할 때에 비해 혁신학교에서 민주적인 리더십을 갖춘 관리자 하에서 근무했을 때 교육 활동이 왜곡되지 않고 잘 운영된다는 의견을 표해주셨다고 해석합니다. 무엇보다 다른 모든 분석에서 '그렇다'는 비율이 높게 나타난 6번 문항- 회의 문화와 관련하여 혁신학교 교사들은 단 21.6%만이 '그렇다'고 응답하여, 평소 교육 활동이나 학교에서 일어나는 문제에 대해 비교적 자유롭고 편안하게 공론화하고 근본적인 원인을 해결하려고 노력하는 구조와 문화를 갖추었다고 해석합니다. 혁신학교 교사들은 전반적으로 교육 고통에 대해 묻는 문항에 '그렇다'고 답변한 비율이 낮으므로, 일반 공립학교 교사들에 비해 학교 구조와 문화에 만족하고 있다고 볼 수 있습니다.

    같은 맥락에서 대안학교 및 기타 학교에 근무하는 교사들도(답변자 수가 현저히 적어 의미 있는 결과라고 해석하기 조심스러우나) 자신이 선택해서 근무하고 있는 학교 구조와 문화에 전반적으로 만족하는 모습을 보이고 있습니다. 다시 말해 불만족하면 다른 학교로 옮겼을 터입니다. 단지 비교적 불안정한 처우 조건으로 인해서인지 스스로 눈치를 보게 되는 경향은 있다고 해석합니다. 참고로 4번- 수업장학과 관련하여 '그렇다'는 답변이 전혀 나오지 않아 대안학교 특유 비교적 자유로운 '교육과정-수업-평가 혁신' 분위기가 엿보여 부러웠습니다. 또한 다른 조건 하에서 전반적으로 '그렇다'는 답변 비율이 가장 높게 나왔던 11번과 6번 문항에서 '그렇다' 답변 비율이 공히 27.3%씩 나와서 리더십과 회의 문화에 대해 비교적 만족하는 모습을 보였습니다.

    마지막으로 사립학교는 나머지 세 종류 설립별에 비해 독특한 답변 결과를 보여주어 흥미롭습니다. 7번- 정보 공유 어려움, 8번- 업무분장 불이익, 9번- 관행 유지에 관해 묻는 문항에서 '그렇다'는 답변이 높게 나왔는데, 이는 사립학교 특성상 구성원이 급격히 바뀌지 않고 오래 유지되기 때문에 나타나는 현상으로 보입니다. 다시 말해 사적인 관계가 끈끈하기 때문에 학교 정보를 공론화하여 공유하기 보다는 사적으로 전해 듣거나, 갈등이나 문제가 생겼을 때 인간관계가 깨지면 앞으로 근무나 생활이 곤란해질 위험이 높으므로 고통을 공론화하지 않는 경향이 나타나는 듯합니다. 그리고 같은 이유로 변화 계기가 적어 다른 설립별에 비해 학교 구조와 문화에서 관행을 유지하려는 경향이 심함을 사립학교 근무교사 스스로 체감하고 있다고 해석합니다.

③ 성별

성별에 따라 '그렇다'는 답변이 45% 이상(연구자 임의로 정한 수치임) 나온 문항을 비율이 높은 순서대로 표로 제시하면 다음과 같습니다.

〈여성- 269명 응답〉

순위	문항	비율(%)
1	11번- 리더십에 따른 변화	83.3
2	6번- 회의 문화	59.9
3	3번- 눈치 경험	46.1
4	7번- 정보 공유 어려움	45.4

〈남성- 103명 응답〉

순위	문항	비율(%)
1	11번- 리더십에 따른 변화	75.7
2	6번- 회의 문화	64.1
3	9번- 관행 유지	50.5

4	7번- 정보 공유 어려움	49.5
5	1번- 원칙 고수	47.6
	16번- 평가 관심도	
6	8번- 업무분장 불이익	46.6

전반적으로 '그렇다'는 비율이 높게 나왔던 11번, 6번 문항을 제외한 나머지 문항 답변에서 여성, 남성 교사 간 차이가 두드러져서 흥미롭습니다. 여교사들은 3번 문항- 눈치 경험, 7번 문항- 정보 공유 어려움을 토로했습니다. 육아와 집안일로 인해 남교사에 비해 일찍 퇴근하거나 사석을 덜 갖거나 보직을 덜 맡는 경향이 있다보니 스스로 조심스럽게 눈치 보며, 학교 운영 사항을 물어가며 정보를 수집해야한다는 부담감을 가지고 있다고 해석합니다.

그에 비해 남교사들은 여교사와 겹치는 7번 문항을 제외하고, 9번- 관행 유지, 1번- 원칙 고수하는 면에 대해 답답함을 느끼거나 불합리하다고 생각하고 있어 보입니다. 아마도 교육 고통에 대해 공적으로 발언을 했다가 8번 문항에서처럼 업무분장에서 불이익을 당해본 경험이 있었겠습니다. 또한 여교사에 비해 승진에 대한 압박을 갖는 교사가 많다보니 16번- 평가에 대한 압박을 여교사에 비해 비교적 많이 받고 있다고 해석합니다.

④ 근무지별(권역별, 가나다순)

근무지별로 '그렇다'는 답변이 45% 이상(연구자 임의로 정한 수치임) 나온 문항을 비율이 높은 순서대로 표로 제시하면 다음과 같습니다. 설문조사 당시에는 17개 시도를 구체적으로 세분화하여 답변을 받았으나, 답변자수가 적은 시도가 있기 때문에 가까운 권역별로 묶어서 분석했습니다. 참고로 강원은 22명, 제주는 2명만 응답하여 의미 있는 결과를 도출하기 어렵다고 판단하여 분석에서 제외했습니다.

좋은교사운동에서 교육청혁신을 제안하기 위해 개최했던 연속 5회 토론회 자료[13]를 참고하면 학교 구조와 문화에 대한 지역별 격차가 매우 크고 그에 따른 교사들의 만족 정도에도 많은 차이가 있음을 확인할 수 있습니다. 당시 보도 자료에서 제시한 아래와 같은 도표와 분석 내용에서 흥미로웠던 부분은 교육부에서 진행한 시도교육청 평가 점수와 일선 교사들이 느끼는 관료주의 개선 체감도가 반비례하고 있다는 점이었습니다.

---

13) www.goodteacher.org-〉 성명서·보도자료(2015년 말 자료) 페이지에서 열람 가능.

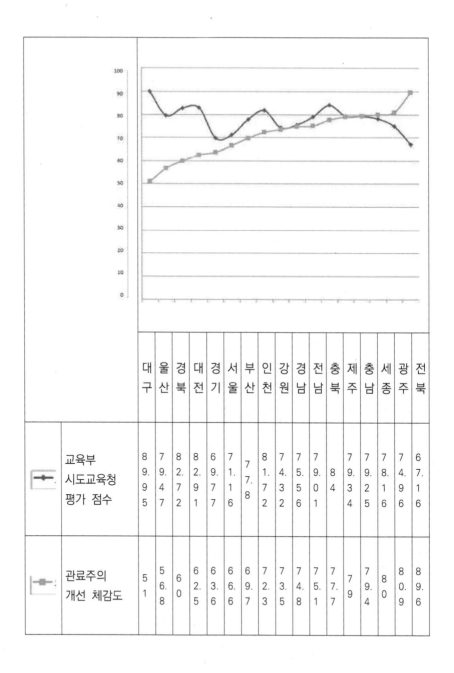

		대구	울산	경북	대전	경기	서울	부산	인천	강원	경남	전남	충북	제주	충남	세종	광주	전북
	교육부 시도교육청 평가 점수	89.95	79.47	82.72	82.91	69.77	71.16	77.8	81.72	74.32	75.56	79.01	84	79.34	79.25	78.16	74.96	67.16
	관료주의 개선 체감도	51	56.8	60	62.5	63.6	66.6	69.7	72.3	73.5	74.8	75.1	77.7	79	79.4	80	80.9	89.6

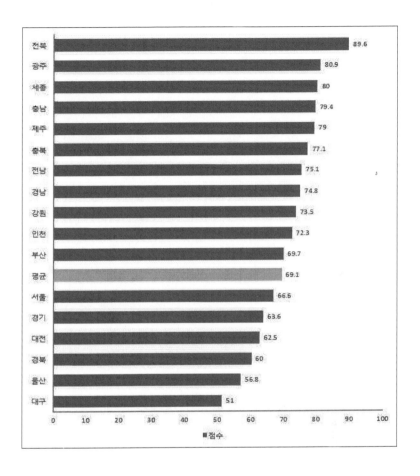

같은 자료에서 제시한, 교사를 대상으로 관료주의 개선 체감도에
대해 실시한 설문조사 결과를 분석한 도표는 위와 같습니다. 도표
에서 아래에 위치하는 지역일수록 그 지역에서 근무하는 교사들이
교육 고통을 호소할 가능성이 높다고 해석합니다. 서울, 경기가 생
각보다 아래에 위치하고 있어 분석 및 토론회 과정에서 의아해했는
데, 설문조사 시행 당시 관행을 깨고 혁신하는 과정에서 균형을 맞

추려다보니 단위학교에서 일시적으로 정책적인 압박을 느꼈기 때문이리라는 의견이 있었습니다.

이정우 외, "학교를 무엇으로 평가할 것인가: 학교평가 실태 분석 및 제안(좋은교사 연구실천 프로젝트 X 07)"에서는 이와 같이 지역별로 관료주의 체감도가 차이 나는 근본 원인을 분석하기 위해 교육부-〉 교육청-〉 지역교육지원청별로 단위학교를 어떤 기준을 가지고 평가하도록 연계해나가고 있는지를 연구하였습니다. 상급기관 눈치를 보는 지역교육청일수록 상급기관이 제시한 평가 기준에 대해 순응하는 태도를 보이거나 높은 점수가 나오도록 관료주의 구조와 문화를 동원해 강압적으로 압박하는 경향이 나타날 수 있습니다. 이러한 자료를 참고하여 본 연구를 위해 실시한 설문조사 결과를 지역별로 분석하니 권역별 차이가 확연하게 드러나 보였습니다.

〈경상권- 59명 응답〉

순위	문항	비율(%)
1	11번- 리더십에 따른 변화	83.1
2	6번- 회의 문화	71.2
3	9번- 관행 유지	59.6
4	3번- 눈치 경험	53.4
5	1번- 원칙 고수	52.5

순위	문항	비율(%)
1	11번- 리더십에 따른 변화	78.8
2	6번- 회의 문화	63.5
3	7번- 정보 공유 어려움	48.6
4	9번- 관행 유지	48.3
5	16번- 평가 관심도	47.6
6	3번- 눈치 경험	45.4

〈충청권- 41명 응답〉

순위	문항	비율(%)
1	11번- 리더십에 따른 변화	95.1
2	6번- 회의 문화	73.2
3	7번- 정보 공유 어려움	58.5
4	8번- 업무분장 불이익	53.7
5	9번- 관행 유지	51.2
6	13번- 공론화 어려움	46.3
7	1번- 원칙 고수 3번- 눈치 경험	46.3

순위	문항	비율(%)
1	11번- 리더십에 따른 변화	75.0
2(45% 이상은 아니나 차순위)	16번- 평가 관심도	42.5

　가장 흥미로운 지역은 전라권이었습니다. 이 연구가 교육 고통 유발 원인을 찾기 위한 연구이기 때문에 설문조사 문항에서도 학교 구조와 문화에서 고통을 겪는 부분을 물었습니다. 그런데 전라권에서는 다른 지역에 비해 '그렇다'고 응답한 비율이 확연히 낮았습니다. 혁신학교 교사들의 답변 경향과 유사한데, 11번 문항- 리더십에 따른 변화 문항에서도 긍정적인 답변을 했다고 해석합니다. 다른 지역에서 근무하는 교사들 이야기를 듣고 비교하며 판단했으리라 추측합니다만, 전라권 교사들은 비교적 권위주의 관행 문화에서 고통을 덜 체감하고 있어 보입니다. 다른 지역에서 전반적으로 '그렇다'는 답변이 높게 나온 문항인 6번 문항- 회의 문화에 대해 '그렇다'고 답변한 비율도 전라권에서는 37.5%로 유독 낮았습니다.

　경상권 교사들(위 도표에서 경북, 울산, 대구 등)의 교육 고통이야 여러 연구와 설문조사 결과를 통해 자주 듣곤 하지만, 의외로 충청권 교사들이 '그렇다'고 답변한 비율이 높은 문항이 꽤나 많고 다양했습니다. 두 지역이 고통스러워하는 지점이 다소 다르게 나타났기 때문에 11번, 6번 문항을 제외한 나머지 문항에 대해 구체적으로 분석해보고자 합니다. 먼저 경상권 교사들은 9번 문항- 관행 유지, 1번 문항- 원칙 고수를 선호하는 학교 문화와 구조 특성 때문에 자유롭고 편안한 자세보다는 3번 문항에서 나타난 바처럼 매사에 눈치를 보는 경향이 나타난다고 해석합니다.

그에 비해 충청권에서는 7번 문항- 정보 공유 어려움, 8번- 업무 분장 불이익, 13번 문항- 공론화 어려움에 관해 많은 교사가 고통을 호소하고 있습니다. 다른 지역에 비해 학교 민주주의나 합리적 기준과 절차에 따른 학교 운영 경향이 부족하고, 교육 고통이나 학교에서 발생한 문제에 대해 공론화하기 어려운 상황이라고 해석합니다. 실제로 원하는 바를 발언했다가 업무분장에서 불이익을 받는 경험이 누적되다보니 자연스럽게 눈치를 보는 현상이 나타나게 될 수 있습니다.

충청권에서 또 한 가지 흥미로운 점은 11번 문항- 리더십에 따른 변화 문항에 '그렇다'고 답변한 비율이 무려 95.1%라는 사실입니다. 연구자가 지난 임용시험 철에 접한 한 기사에서는 근무 환경이 비교적 좋지 않아 고통스럽고 답답하다는 소문이 퍼져 예비교사들이 세종을 제외한 충청지역에 임용시험 원서 넣기를 기피하는 현상이 나타나고 있다는 사실을 다루었습니다.[14] 최근에는 임용 티오 관련 투쟁 과정 중 교대 학생들이 서울이나 도심 근무를 선호한다

---

14) '충남북 초등교사 임용시험 3년 연속 미달'- 동양일보, 2016.10.18.일자 기사 참조.

는 사실이 드러났습니다. 여러 복잡한 요인이 있을 수 있겠지만, 농산어촌 지역 근무 조건이 도시에 비해 어려운 데다가 특히 도서벽지 지역은 비교적 고립되어 있다 보니 학교 구조와 문화가 경직되어 있어 권위주의 관행 문화가 더 심해지는 경향이 나타날 수 있기 때문이라고 추측합니다. 근무환경이 열악하다는 이유로 도서벽지 점수까지 가세할 경우 그러한 문제는 더 심화됩니다. 이러한 현상이 지속될 경우 그 지역에서 생활하는 학생도, 교사도 더욱 교육 고통에 빠지는 악순환이 나타날 터입니다.

⑤ 문제 해결 방식(중복응답 허용)

답변 번호	문항	응답자수(명)
1	상급기관에 질의 및 정리 요청	68
2	교원단체에 속한 동료 교사에게 도움 요청	21
3	고통 받는 당사자가 나서서 발언 및 해결 노력	67
4	동료교사끼리 사석에서 뒷담화 형식으로 정보 공유	182
5	부장교사 선에서 평교사와 교장선생님 사이를 중재하도록 유도	142

| 6 | 사안 발생 시 수시로 회의를 소집하여 자유롭고 편안하게 공론화 | 79 |
| 7 | 개인적인 문제로 치부하여 당사자가 참거나 공동체에서 문제를 무시 | 93 |

17번 문항에서 물은 '문제 해결 방식'에 대한 답변은 중복 응답을 허용하였습니다. 자유롭고 편안하게 공론화하여 문제 원인을 근본적으로 해결하기보다는, 부장교사나 상급 기관 등 제3자에게 해결을 요청하거나 동료교사와 사석에서 정보를 공유하거나 뒷담화하는 방식으로 간접적으로 해결을 시도하고 있음을 알 수 있습니다. 심지어 공동체에서 문제를 무시하기에 개인적으로 참는 경우도 꽤 많다는 사실을 확인하니 답답하고 슬픕니다.

2. 눈치 보는 학교 문화 형성 원리

한국 학교 교사들은 왜 눈치를 보게 되었을까요? 이 장에서는 설문조사 18문항 답변을 분석한 결과 두드러지게 '그렇다' 답변이 높았던 문항들을 중심으로 눈치 보는 학교 문화가 형성된 원인, 원리를 추출해보려고 합니다.

1) 11번- 리더십 특성

먼저 11번 문항은 '응답자는 교장, 교감선생님이 바뀌면서 학교 구조나 문화 자체가 크게 달라지는 상황을 경험한 일이 있다' 였습니다. 이 문항에 '그렇다'고 답변했을 때 나빠졌던 상황과 좋아졌던 상황 모두를 포함한다고 해석했습니다.

이 연구를 준비하고 실행하면서 연구자로서 가장 혼란스러웠던 부분은 본인이 수집한 사례들이 한국 학교가 공유하는 보편적인 학교 구조와 문화의 특징이라고 말할 수 있는지 여부가 불확실했기 때문이었습니다. 검토해주시는 선생님들께서는 어떤 사례들에는 공감하셨지만, 일부 사례들에 대해서는 "그런 사례는 관리자 개인 성향 특징에 따른 결과가 아닌가?"라는 의문을 제기하셨습니다. 그러나 여전히 학교 운영 책임자라고 볼 수 있는 관리자 리더십 특성이 학교 구조와 문화 형성에 매우 중요하다는 문제는 남습니다.

왜냐하면 5.31 교육개혁 이후 '수요자' 선택권을 보장하기 위해 단위학교에 자율성을 부여하면서 학교장 재량이 커지다보니 권한을 남발하는 상황이 자주 발생할 수 있다는 부작용이 생겼기 때문입니다. 권력이나 권한 자체는 일정 규모를 가진 조직을 효율적이면서도 건강하게 운영하기 위해 필요합니다. 그 자체에 폭력이나 압력이 필연적으로 개입하지는 않습니다. 그러나 권력이나 권한이 필요한 부분에 대해서는 선하게 작동하게 하고, 무신경한 권력 남용으로 인해 교육 약자에게 폭력을 행사하여 고통을 주지 않도록 교육 주체 모두가 함께 성찰할 수 있게 하는 구조와 문화를 만들어야 합니다. 학교장 재량이 커지면서 리더십이 어떤 성향, 태도, 언행 방식을 구사하는지 여부가 학교 구조와 문화가 어떻게 형성될지를 결정하게 되었다고 볼 수 있습니다.

단지 특정 리더십 유형이 어떤 구조와 문화를 만드는지에 대해 살펴볼 필요가 있는데 이에 대해서는 이미 선행연구가 많이 나와 있습니다. 중요한 지점은 이제 관료주의, 권위주의 리더십보다는 민주적, 서번트, 권한을 위임하는 리더십이 각광 받는 시대이므로15), 관리자들 역시 이러한 시대적 변화를 읽고 달라져야할 부분에 대한 실천을 할 필요가 있다는 점입니다. 리더십이 구사하는 특정 언행이 푸코가 주장한 권력 단계 중 어디에 속하는지, 어떤 리더십 유형에 대해 교사들이 만족하거나 고통스러워하는지에 관한 구체적인 사례는 이미 앞에서 다루었습니다.

리더십 특징에 따라 학교 구조와 문화가 달라지는 경험을 한 교사들은 눈치 빠르게 리더십 특징을 간파하고 거기에 맞춰 행동합니다. 교직 사회에는 '사람보다 소문이 더 빨리 온다'는 표현이 있는데, 새로운 관리자가 부임하는 시기가 되면 과연 그가 민주적이고 허용적인 편인지, 권위적이고 원칙을 중시하는 편인지 파악하고 사

---

15) 데이비드 하그리브스, 데니스 셜리, "학교교육 제4의 길", 21세기교육연구소, 2015.

적으로 정보를 공유하느라 교사들은 바빠집니다. 승진 점수를 세심하게 잘 관리했기 때문에 그 자리에 앉았을 대부분 관리자는 후자인 경우가 많으며 새로운 부임지에서 학교 구조와 문화를 자신의 성향에 맞게 개편하고자 시도하는 경우가 많기 때문에 그러한 시기가 오면 교사들은 바짝 긴장합니다. 즉, 리더십의 성향이 어떠한가는 학교 구조와 문화를 변화시키는 결정적인 요인 중 하나이고 그 과정에서 교사들은 눈치 보는 문화를 형성합니다.

2) 6번- 회의 문화

그리고 6번 문항은 '소속교는 모두가 발언하는 회의보다는 '일제식 전달 연수'나 소수가 참여하는 '위원회' 형식이다' 였습니다. 설문조사 답변에서 드러난 결과처럼 단위학교 운영을 책임지는 자리에 있다고 스스로 믿는 어떤 관리자들은 흔히 '어차피 결국 문제가 생기면 내가 책임져야 하니까'라고 걱정을 합니다. 혹은 교사들이 긴 회의를 귀찮아하고 피로해하며 모두가 이야기하면 비효율적이라고 믿습니다.

그러므로 학교 운영에 관한 사항은 부장단 회의나 엘리트로 여겨지는 소수 위원회 소속 교사들이 결정하고 결과만 일제식 전달 연수나 메신저를 통해 알리는 방식을 사용하곤 합니다. 이 과정에서 특정한 교육 활동을 왜 운영하는지 일선 교사들이 파악하지 못한 채 순응적으로 따라가는 경우가 많으며, 부서 간 소통이 잘 되지 않아 업무가 중첩되거나 갈등이 자주 벌어집니다. 또한 문제나 갈등이 발생했을 때 공론화하여 해결하기보다는 교사들을 입단속 시키고 서로 모여서 뒷담화하지 못하게 만든 후 조용히 해결하는 방식을 선호합니다.16) 본 설문조사 결과는 취지대로 잘 운영하고 있는 혁신학교를 제외한 생각보다 많은 학교들이 아직도 위와 같은 관행을 따르고 있다는 사실을 보여줍니다.

일부 학교운영위원회가 거수기 역할을 하거나, 꼼꼼한 전달식 연수 후 교직원 회의 끝날 시간이 다 되어서야 "혹시 하실 말씀이 있으신가요?"라고 묻거나, 부서나 학년에서 의견을 모은 결과를 가지고 또다시 소수가 회의를 하는 방식을 애용하는 상황이 종종 벌어집니다. 이는 우리 학교들이 형식적, 절차적 민주주의는 갖추었다고 믿지만 사실 실질적, 숙의 민주주의를 실천할 정도로 성숙하지는 못했음을 반증합니다.

이러한 구조와 문화 속에서는 문제를 공론화하기 위해 발언하는 교사는 '벌떡교사, 똘아이, 싸움닭, 모난 돌, 갈등과 피로를 유발하는 자' 취급을 받기 쉽습니다. 그야말로 관리자와 동료 교사에게 '눈치 없고 지혜롭지 못한 교사'로 여겨지곤 합니다. 설문조사 서술형 답변에 드러난 사례들처럼 이러한 교사들은 발언하는 과정에서 공개적으로 불편함과 고통을 겪거나 다음 해 업무분장이나 학년 배

---

16) 엄기호, "교사도 학교가 두렵다: 교사들과 함께 쓴 학교현장의 이야기", 따비, 2013.
엄기호, "단속사회: 쉴 새 없이 접속하고 끊임없이 차단한다", 창비, 2014.

치 등에서 보복을 당하기도 합니다. 해마다 부정적 경험을 누적한 교사들은 교육 고통을 호소할 곳이 없어서 답답함을 느끼며 사적으로 뒷담화를 하거나 정보 공유를 하면서 스트레스를 풉니다만 문제는 근본적으로 해결되지 않고 단위학교 안에서 곪아 터지는 경우가 흔합니다. 일련의 과정에서 불안과 공포를 겪는 교사는 발언한 당사자일 수도 있지만, 상황 모두를 보고 들은 그 학교 교사 모두일 수도 있다는 점에서도 이러한 통치 기술들이 교묘하고 악랄하다고 생각합니다.

특히 평화롭고 아무 갈등도 없기를 바라는 성향을 가진 교사들은 문제를 공론화하고자 하는 교사가 존재한다는 사실 자체를 불편해하기도 합니다. 요즘 교사 중에는 모범생 출신, 순종적인 성향이 많기 때문에 이러한 학교 구조와 문화가 유지된다고 보는 시각도 있습니다.17) 공론화를 꺼려서 전체 교육 주체가 참여하는 회의 문화를 의도적으로 피하는 단위학교는 위와 같은 상황을 이용해 그러한 구조와 문화를 유지하고 강화합니다. 공론화하지 않으니 문제가 곪아터지고 고통을 개인이 떠안거나 사적으로 해결하는 문화 속에서 고통을 호소할 절차가 없어 답답해하는 교사가 생기는 악순환이 반복됩니다. 소수가 고통 받을 때 다수 교사는 마음 불편해하며 침묵하거나 눈치를 봅니다.

---

17) 김현희, "왜 학교에는 이상한 선생이 많은가?: 10년 차 초등교사가 푸는 교육계 미스터리", 생각비행, 2017.

그러나 길게 보았을 때 교육 주체가 함께 참여하는 자유롭고 민주적인 회의 문화는 비효율적이지 않으며 더 좋은 교육 활동을 운영하는데 도움이 된다고 연구자는 생각합니다. 공론화 하는 과정에서는 시간과 노력이 들고 표면적으로 드러나는 갈등 때문에 피로할 수 있지만, 문제가 오랫동안 속에서 곪아터지는 상황보다는 공동체에 주는 피해가 적고 근본적인 원인 해결에 도움이 됩니다. 갈등을 덮느라 들이는 수고보다 적은 수고가 들고 궁극적으로 문제 해결에 가까워질 수도 있기 때문에 효율적이라고 주장하고 싶습니다.

3. 대안: 파레시아스테스

1) 위험을 감수하고 발언하는 용기

학교 구조와 문화 문제를 이야기하기 위해 굳이 후기 푸코 이론을 끌어들인 이유는 지금 우리 학교가 속해 있는 사회가 어떤 모습인지 드러내고 싶었기 때문입니다. 그 자신이 저항가이자 실천가였던 철학자 푸코는 고맙게도 현대인이 이런 사회 속에서 어떻게 살았으면 좋겠다는 제안까지 덧붙이고 있습니다. 앞에서 간단히 제시했듯이 자기 배려하는 인간으로 자기를 주체화하자, '파레시아스테스'가 되어 철학자처럼 사유하며 발언하고 실천하는 정치적 삶을 살자고 말합니다.

지금 사회, 그리고 거기 속해있는 학교는 여전히 아무리 자기와 타인의 고통을 돌아보고 돕고 싶은 마음이 있어도 실천하기가 쉽지 않은 구조입니다. 위험을 감수하고 진실을 말할 수 있는 교사가 한 학교에 3명만 있다면 설문조사에서 드러난 혁신학교 교사들의 학교 생활처럼, 전국 모든 학교가 제대로 잘 돌아가는 혁신학교와 같이 즐겁고 행복한 교육 활동과 일상생활을 누릴 수 있지 않을까요. 나아가 개인 교사가 위험을 감수하지 않고도 어떤 조건에 있는 학교도 보편적으로 자유롭고 평등한 발언권을 가지고 어떤 사안이든 공론화할 수 있도록 제도를 보장해주면 어떨까요.

2) 학교에 적용하기

① 학교 민주주의 지수

앞에서 제시한 경기도교육청, "민주시민교육 이렇게 운영합니다" 지침이나 '학교 민주주의 지수'와 관련하여 과연 민주주의를 정책 차원의 강한 압박으로 만들어낼 수 있는지에 대해 회의감을 느끼는 분도 소수 있습니다. 그러나 힘이 없는 교육 주체일수록 이렇게라도 의견을 제시할 수 있게 해주어 고마워하고 있습니다. 치밀한 관리 방식을 선호하는 관리자일수록 상급 기관의 눈치를 보는 습속이 있음을 이용하여 교육청 차원에서 학교 민주주의를 위한 지침을 마련하고 단위학교에서 실질적으로 정착할 수 있도록 강하게 제안, 일상 모니터링 하는 방식이 의미가 있으리라고 생각합니다. 경기도

교육청 사례를 참고하여 '학교 민주주의 지수'를 정기적으로 조사하여 실제로 단위학교 변화를 견인하도록 유도하며 문제 발견 시 감사나 장학, 컨설팅 등을 통해 지침 실천 의지를 보여야 합니다. 또한 사전 자체 평가가 요식 행위나 '외부 평가이니 점수 잘 주셔야 한다'는 등의 압박 없이 정직하게 이루어지도록 돕는 장치를 마련하면 좋겠습니다. 요는 수치화, 점검과 같은 기술이 관리를 선호하는 분들의 화법이니 거기에 맞추어 대응하자는 제안입니다.

② 회의 문화 바꾸기

민주적인 교사회 법제화 논의도 진행되고 있는데, 비슷한 맥락에서 현재 학교장에게 쏠려 있는 단위학교 재량 결정권을 평교사에게 분산시킬 수 있는 실질적인 방안이 필요합니다. 교직원 회의, 교육 주체 간 생활협약 등 단위학교에서 운영해야 하는 각종 회의가 수평적, 민주적으로 이루어지도록 제도화해야합니다. 구체적인 방안으로는 모두에게 투명하게 정보나 협의록을 공개하기, 회의 운영 시 충분한 시공간을 확보하기, 회의 운영 시 전달 사항을 많이 준비해 꼼꼼하게 나열하지 말고 편안하게 의견 공유할 수 있는 원탁토론 등의 방식 활용하기, 소수가 발언을 독점하여 권력이 남용되지 않도록 예방하는 장치 마련하기 등이 있습니다.

학사일정이 분주하고 교사들이 피로하여 실질적인 회의를 운영하기 위한 물리적인 여건에 어려움이 있을 경우, 이미 눈치 보는 문화가 자리 잡혀 있어 교사들이 의견 제시하기를 꺼릴 경우 등에는 직접, 숙의 민주주의 실현을 위해 이미 나와 있는 오프라인 및 디지털 기기 활용이 가능한 각종 민주적 회의 도구를 공부하고 실험하려는 노력이 필요합니다.[18)

③ 전문적 학습공동체 활성화

무엇보다 교사가 파레시아스테스가 될 수 있겠다는 희망을 갖게 만든 제도는 '전문적 학습공동체'였습니다. 지역마다 명칭은 다양하겠지만 자발적으로 공부하는 교사 모임이 학교 안팎에서 이루어지고 있을 터입니다. 경기도에서 혁신학교 정책 일환으로 운영하던 '배움과 실천 공동체'가 '전문적 학습공동체'로 바뀔 때 연구자는 이 공동체가 단순히 동료 교사와 '공부'하기 위한 공동체라고 생각했습니다. 그런데 업무를 담당해보기도 하면서 자발성을 가지고 몇 해를 참여해보니 교육청 차원에서 내건 캐치프레이즈처럼 '공동연구, 공동실천'이 가능한 제도였습니다. 이때 실천이란 함께 짠 지도안을 수업에 투입하고 함께 참관하는 정도로 단순한 차원이 아니었습니다. 관심 주제별로, 동학년 혹은 동교과별로 동료 교사와 머리를 맞대고 대화 나누다 보면 우리 학교에서 가지고 있는 문제들이 드러났습니다. 소그룹 별로 동의하는 지점을 찾아내고 나면 수업 내에서 혹은 업무나 생활교육 차원에서, 발언하고 실천할 지점을 찾아 움직이게 되었습니다. 때로 관행에 부딪쳐 갈등이 벌어질 때

---

18) 이진순 등, "듣도 보도 못한 정치", 문학동네, 2016.

도 혼자 발언하는 방식보다 훨씬 힘이 실렸습니다. 문제가 완벽하게 해결되거나 갈등이 깔끔하게 사라지는 경우보다는 아주 약간만 해결되거나 때로 더 피로해지는 일이 생기기도 했지만 큰 그림을 보았을 때 학교 민주주의 확보를 위해 분명 의미 있는 과정들이었다고 믿습니다. 이 대안이 갖는 강점은 단위학교 구성원이 상황에 맞게 문제 원인과 대안을 찾아 실천할 수 있다는 점입니다. 자기에 대해 알고 배려하기 위해 위험을 감수하고 진실을 말하고 용기 내어 그대로 사는 일이 이 제도 안에서 가능하겠다는 생각이 들었습니다.

IV. 결론

연구자는 단위학교가 구사하는 통치 기술이 눈치 보는 학교 문화를 만들고 있다는 가설을 바탕으로 본 연구를 시작했습니다. 현직 교사로서 학교에서 겪는 가장 풀기 어려운 난제였기 때문입니다. 학교나 교사 모두 그 기술이 가진 의미를 성찰하며 사용하는지 궁금했습니다. 적어도 교육 약자에게는 그러한 기술이 폭력이 될 수 있다는 생각을 하면서 남용하지 말아야 한다는 문제의식을 가지고 있었습니다. 같은 주제를 가지고 수년 간 공부하면서 학교를 관찰하고 스스로를 성찰하는 과정 자체가 힘들고 피로하면서도 재미와 의미가 있었습니다. 자기를 배려하고 예술작품처럼 스스로를 주체로 형성해나가면서 파레시아스테스로서 실천하는 경험을 쌓아 나갔기 때문입니다.

후기 푸코 이론을 공부하면서 근현대 국가이성의 통치 기술 특징과 신자유주의로 인해 경제가 교육과 같은 공공 영역을 잠식할 때 어떤 문제가 생기는지 확인했습니다. 특히 현대 통치성에는 안전을 강조하여 시공간을 세밀하게 관리하고, 인간을 인구로 보아 생명관리정치를 수행하는 특징이 있음을 알았습니다. 합리성을 대표하는 법, 규칙, 매뉴얼 등 각종 치밀한 관리 기술들이 학교 구조와 문화에도 침투해 있음을 돌아보았습니다.

교사를 대상으로 실시한 설문조사 결과 분석 과정에서 연구자 가설 설정과는 다소 다르게 '평가' 외에는 치밀한 통치 기술에 대해 교사들이 불편함을 느끼고 있지 않다는 결과가 나왔기에, 단위학교별로 차이가 있기 때문인지 아니면 실제로 그러한 통치 기술이 존재하지만 교사가 그 안에서 생활하고 있기에 인지하지 못하고 있는지, 아니면 오히려 누군가 모든 것을 결정해주는 상황을 편안하게 여기고 있는지 궁금해졌습니다. 향후 연구 과제로 남겨둡니다. 설문조사를 통해 오히려 눈치 보는 학교 문화 형성 원리 두 가지를 도출할 수 있었습니다. 교사들은 권위주의적인 리더십과 비민주적인 회의 문화를 고통스러워한다는 점이었습니다. 외적으로 폭압적인 문화는 사라진 편이지만 평가로 경쟁 시키고 결과로 보상 혹은 처벌하거나, 고통을 편안하고 자유롭게 말할 수 없는 구조와 문화를 불편하게 여기고 있습니다.

푸코가 '파레시아스테스' 되자고 제안했듯, 위험을 감수하고 발언하는 용기를 갖고 실천하기 위한 대안을 제시해보았습니다. 교직 사회에 건전하게 협의하고 공론화하는 분위기가 자리 잡는다면 더 좋은 대안을 많이 마련할 수 있으리라 기대합니다. 푸코에 관한 논의는 연구자도 이제 막 공부하기 시작하는 단계라 잘못 전달한 부분이 있을까봐 걱정이 됩니다. 앞으로 더 많은 공부가 필요합니다.

참 고 문 헌

〈단행본〉

미셸 푸코(2011) 안전, 영토, 인구: 콜레주드프랑스 강의 1977~78년, 난장

강미라(2013) 미셸 푸코의 『안전, 영토, 인구』 읽기, 세창미디어

김현희(2017) 왜 학교에는 이상한 선생이 많은가?: 10년 차 초등교사가 푸
　　는 교육계 미스터리, 생각비행

데이비드 하그리브스·데니스 셜리(2015) 학교교육 제4의 길, 21세기교육연
　　구소

마사 누스바움(2016) 학교는 시장이 아니다: 공부를 넘어 교육으로, 누스바
　　움 교수가 전하는 교육의 미래, 궁리출판

마이클 센델(2012) 돈으로 살 수 없는 것들: 무엇이 가치를 결정하는가,
　　와이즈베리

심세광(2015) 어떻게 이런 식으로 통치당하지 않을 것인가? 푸코로 읽는
　　권력, 신자유주의, 통치성, 메르스- 인문학, 삶을 말하다, 길밖의길

엄기호(2013) 교사도 학교가 두렵다: 교사들과 함께 쓴 학교현장의 이야기,
　　따비

엄기호(2014) 단속사회: 쉴 새 없이 접속하고 끊임없이 차단한다, 창비

웬디 브라운(2017) 민주주의 살해하기: 보수주의자의 은밀한 공격, 내인생
　　의책

이정우 외(2017) 학교를 무엇으로 평가할 것인가: 학교평가 실태 분석 및
　　제안: 좋은교사 연구실천 프로젝트 X 07, 좋은교사

이진순 등(2016) 듣도 보도 못한 정치, 문학동네

정은균(2017) 학교 민주주의의 불한당들: 왜 학교 민주주의인가, 살림터

한나 아렌트(1996) 인간의 조건, 한길사

한병철(2016) 권력이란 무엇인가, 문학과지성사

〈기타〉

경기도교육청(2016.01.) 2016 민주시민교육, 이렇게 운영합니다: 학생중심
　　　현장중심의 지속가능한 학교민주주의를 위한

좋은교사운동(2015.06.30.) [보도자료] 학교현장을 지원하는 교육청, 어떻
　　　게 만들 것인가? 서울 토론회 결과

동양일보(2016.10.18.) [기사] 충남·북 초등교사 임용시험 3년 연속 미달